S

CLIENT MYSTÈRE

COLLECTION SCRIBES DIRIGÉE PAR CLÉMENT RIBES

MATHIEU LAUVERJAT

Client mystère

SCRIBES

I

C'était un dimanche de novembre à Lille, il drachait depuis midi, et à dix-neuf heures le ciel se vidait encore sans jamais faiblir. Avec ce temps-là, les gens ne sortent pas et s'affranchissent de l'obligation de cuisiner en tapotant en masse sur leurs écrans tactiles – bien pratique pour les coursiers vélo. Quand j'ai commencé à livrer, nous étions une centaine à patrouiller un cube noir vissé dans le dos. Bien sûr, la concurrence des commandes était déjà féroce sur le créneau du soir, mais si nous ne travaillions pas dans la franche camaraderie, l'entente restait cordiale malgré les différents maillots d'écurie. Nous échangions souvent un salut furtif, une légère inclinaison de casque, parfois un coup de sonnette, un simple *check* au feu rouge. Réunis sous le dossard, nous étions « la Flotte ». Pour moi, c'était très simple : mon téléphone bipait, je validais la commande et partais chercher la victuaille. Après quoi je chargeais le matos dans le sac, géolocalisais la destination et pédalais comme un dératé. À cette époque, si les cheeseburgers rencontraient le plus de succès, je livrais aussi beaucoup de pizzas, des wraps végé, des menus sushi ou des pad-thaï. Donc, paresse oblige, un dimanche soir à vingt heures, c'était déjà un pic d'activité et là, vu les torrents diluviens, une grosse soirée s'annonçait potentiellement. J'avais d'ailleurs reçu une notification sur mon portable : un bonus pluviométrie avait été enclenché. En prévision, je m'étais connecté dès dix-huit heures trente. L'algorithme l'avait annoncé à nouveau pour motiver la Flotte, une forte demande était attendue. En conséquence, j'avais vérifié mes freins et lubrifié ma chaîne, ajusté ma tenue, vissé la casquette, zippé l'imperméable : tout allait bien s'enchaîner, et en flux tendu, m'étais-je rassuré au moment de partir, décidé à me dégager une bonne marge. À cette époque, le minimum garanti à sept euros cinquante de l'heure n'existait déjà plus. Je tournais sur la nouvelle tarification à la pure distance de trajet, à laquelle, ce soir-là, venait toutefois s'ajouter une variable forfaitaire « spéciale pluie ». Le nez enfoui dans le GPS, j'étais bouillant pour ce premier *shift* en soirée. Il fallait que ça paie.

Sous l'averse, la Flotte, ainsi bien nommée, était la seule à sillonner les rues et je n'avais pas perdu de temps. J'avais bien cavalé, enchaîné les commandes sans trop forcer. Du côté de la place de la République, une nouvelle adresse tournait à plein régime depuis qu'un blog de bistronomie amoureux de la Botte avait encensé la cheffe toscane. Le dernier miracle italien de Lille s'appelait Trattoria Pepino. La salle, le dimanche, est toujours aux trois quarts vide et ne paie pas de mine, alors qu'en cambuse la brigade est en plein coup de feu. Devant, sur le perron, la valse cycliste à destination des clients calfeutrés chez eux battait son plein. La pluie redoublait d'intensité et, sans précédent, un second bonus pluie venait d'être activé du fait des intempéries : quinze euros pour douze commandes acceptées et livrées. Je me souviens, j'étais avec Abou et Zied, on se collait sous l'auvent pour s'abriter du déluge en priant que notre numéro de tâche sorte comme un loto gagnant. Ça discutait football et mercato d'hiver pour patienter, le LOSC, en grande forme, venait de rafler le titre de champion d'automne. Zied, constamment sur ses applis de rencontres, avait matché avec une fille du côté de Fives, il nous montrait les photos de son profil et semblait tétanisé. On se marrait en l'incitant à la contacter. Sympa, Fabiola, la gérante de Trattoria Pepino, avait branché son système de calorifère pour que la Flotte ait l'illusion de sécher sous la résistance, et ses serveurs gominés abandonnaient quelques instants leur accent rital factice pour fumer leurs clopes à nos côtés.

À vingt-deux heures, je cumulais déjà onze *runs* et, malgré l'appât constant du gain, mon corps commençait à flétrir. L'eau s'infiltrait dans ma tunique et les prises de commande s'espaçaient doucement. Et pas de prises, pas payé. Vingt-deux heures trente, Fabiola a accepté les dernières livraisons. J'étais courbatu et à trente-cinq suis parti pour ma dernière course avec un brin de lassitude. C'était une quatre-fromages géante – il fallait terminer. J'ai visé le 34 d'une rue dont j'ai oublié le nom. C'était dans le centre en tout cas. J'ai traqué le raccourci, frôlé le trottoir en plissant les yeux pour déjouer les gouttes qui continuaient de s'abattre sur la chaussée. J'accélérais en ligne droite. Je voulais abréger, ne pas avoir à affronter le regard du client, juste lui souhaiter bon appétit pour m'assurer d'obtenir une note de cinq étoiles. En pédalant, je m'imaginais déjà rentré chez moi sous une douche brûlante après m'être étiré et réhydraté. Il n'y avait plus un chat dehors. Au niveau d'un croisement, j'ai grillé la priorité, comme d'habitude. Avec les écouteurs au creux de l'oreille crachant leur musique à plein volume, je n'entendis rien, ne vis rien venir.

La bagnole a surgi de mon angle mort et je me suis encastré dans la portière du conducteur, avant d'être projeté sur le capot telle une balle rebondissante. Le choc a fait un bruit de grosse caisse étouffé, une percussion compacte, épaisse, précédée d'un crissement strident. La Clio a sèchement pilé et j'ai volé en travers de la route. Par chance, aucun véhicule n'était derrière ou tapi de biais en embuscade pour me faucher au sol. Je me suis juste râpé le flanc sur une dizaine de mètres, hagard, spectateur de moi-même. On dit souvent que le temps se fractionne, se suspend et qu'on se voit en ralenti dans ces moments-là. Je pourrais mesurer cet instant passé en lévitation. Une, deux secondes et demie d'apesanteur, puis tout s'est accéléré à l'atterrissage et l'asphalte était froid. Je suis resté étalé sur le dos à m'infuser des gouttes de pluie. Raide, j'observais le réverbère en contre-plongée, sonné sous le casque. Mon téléphone avait été éjecté sur le bitume et j'entendais des bribes sonores se répandre de mes écouteurs. Un court instant, j'ai été cet être lucide, terrassé par la peur, conscientisant la gravité de la situation. Je suis foutu, je me suis dit, dévertébré, légume. J'étais pétrifié. Puis j'ai pris une décharge, un stimulus d'adrénaline, un coup de fouet, une gifle, je ne sais quoi d'électrique, une injonction cérébrale en tout cas qui a piloté mes gestes et m'a ordonné le mouvement. D'instinct, j'ai obéi. Je me suis touché la nuque, j'ai plié la jambe avant de me relever sans grande difficulté à l'aide des mains. J'étais écorché mais valide, un gros larsen bourdonnant au creux de l'oreille.

Mon vélo à pignon fixe, lui, avait eu moins de chance. Il était fracassé, la roue avant voilée, le cadran carbone en mode plié angle droit. J'ai ensuite aperçu mon sac de livraison isotherme éventré en chou-fleur derrière la diode électroluminescente qui clignait, affolée, l'air d'un cyclope épileptique. Quant à elle, la *quattro formaggi* gisait devant, encore fumante, décomposée en lambeaux. C'est l'image de cette pizza lacérée en vrac qui s'est gravée dans mon souvenir, curieusement. Les traînées filandreuses de mozzarella sur le bitume jonché de tomates concassées, la base de pâte déformée, oblongue, les ricochets de gorgonzola en monticules épars innervés de tranchées bleues, les câpres explosées façon puzzle et les olives éparpillées en étoile. Je revois les serviettes de papier imbibées de pluie fine, les sauces dispersées, le litre de soda agonisant en spasmes et déversant sa mousse sucrée vers le caniveau. Un beau chaos, mets et boissons entremêlés. Si j'avais eu un appareil photo sur moi, j'aurais capturé la composition, fixé la nature morte. Au lieu de ça, je me suis senti coupable. C'est étrange mais j'ai tout de suite pensé à ce couple qui n'aurait pas son dîner prépayé à temps, à cette foutue commande jamais livrée. J'ai imaginé leur soirée streaming, l'attente vautrée dans le canapé, la salivation impatiente de ces cadres supérieurs typiques des livraisons dominicales – trente, trente-cinq, quarante minutes d'attente et toujours rien, bon, prise de décision, coup de fil irrité au restaurant napolitain, incompréhension de Fabiola qui baisse à ce moment le store métallique de la trattoria, veuillez patienter un instant, ne quittez pas je me renseigne, et pour finir la stupéfaction face à mon intraçabilité soudaine. Car à cet instant précis je m'étais volatilisé, dérobé par collision, déconnecté par accident. Je ne produisais plus de données. En informatique, j'avais disparu du logiciel de dispatch. J'avais failli à ma mission à deux cents mètres près. On allait me retenir le prix de la course pour dégradation du plat. C'était la règle. En outre, j'étais en tort. J'avais coupé la route, j'étais responsable de l'accident.

L'automobiliste s'est précipité sur moi. C'était un Asiatique, la soixantaine grisonnante, un type lambda, paniqué. Je n'ai rien, lui ai-je assuré, ça va, je suis vraiment désolé, c'est de ma faute. Je pissais des mains, mon nez mouchait rouge, genou entaillé, coude à vif. La vue de mon imperméable maculé de traînées de sang l'a horrifié, il a vacillé un instant. Il fallait que je l'aide, le pauvre, que je le réconforte. Nous étions trempés. Personne n'arrivait au cédez-le-passage pour aider à débloquer la situation. C'était à moi de le secourir. Si tard, et lui, qui n'avait rien demandé, voilà qu'il se retrouvait seul face à un inconnu ensanglanté. C'est rien, c'est rien, j'ai répété, je vais bien, non mais vraiment. Il parlait fort, confusément, effectuait d'amples gestes en me regardant droit dans les yeux, sa pupille hallucinée, sa bouche en trémolos assaillie de tics nerveux. C'est juste une petite arcade, je lui disais, c'est vrai c'est impressionnant mais c'est trois fois rien. Franchement. Il insistait cependant, tenait à m'emmener à l'hôpital, voir un médecin, il voulait appeler les pompiers, la terre entière.

Catégorique, j'ai refusé. Alors, nous avons négocié qu'il me dépose aux urgences les plus proches. Il n'y avait pas d'impact, il n'y aurait pas de constat, c'était bien clair entre nous, on passait l'éponge, mais enfin on était fou de rouler comme ça là, à toute berzingue, la nuit, pour trois francs six sous. Je lui avais foutu une sacrée peur. Ce n'était pas bon pour son cœur, a-t-il ironisé sur la fin de la discussion. En route donc. Ce qui restait du deux-roues attendrait le lendemain, je l'ai attaché au poteau.

Durant le trajet je n'ai pas dit un mot, honteux de laisser perler mon sang sur la banquette grise. Je fixais le pendentif de chat porte-bonheur qui bougeait sa patte, accroché à la base du rétroviseur. La douleur est apparue, un épouvantable mal de chien, et avec elle la migraine du contrecoup. J'ai serré les dents. Ça devait arriver, me suis-je dit. C'était un rite de passage obligé, une tuile de validation tribale. Ne devenait-on pas motard après s'être payé une frayeur sur l'autoroute ? Attestant l'aquaplaning, le flanc brûlé, la Kawasaki bousillée contre la bande d'arrêt d'urgence ? Aux yeux des autres, n'était-on pas perçu comme grand voyageur qu'au prix d'une histoire de grand requin blanc, de cartel mexicain, de revolver flanqué sur la tempe, tard, perdu aux confins d'un bidonville lointain ?

Mon smartphone avait rendu l'âme, la surface de l'écran atomisée en images fractales, perforée de miroirs irréguliers. À cette heure-ci, je pouvais oublier le forfait de l'heure, plus le dernier *shift* majoré. Exit la prime de quinze euros. Adieu le bonus client, j'allais perdre mes parts de créneaux durement gagnés sur la selle et bien sûr l'évolutivité de mes gains par course serait compromise. Bref, je m'étais assuré de remporter le titre de meilleur coursier du mois.

Mon faucheur m'a laissé devant l'entrée des urgences. Je l'ai remercié, confondu en excuses, puis il a disparu d'un coup de diesel. On m'a pris en charge rapidement au CHRU. Dimanche à vingt-trois heures trente, les formalités d'admission ont été expédiées, à peine ai-je eu le temps de me faire panser et prendre la tension artérielle qu'on est venu s'occuper de moi. J'étais costaud, m'a certifié l'interne, j'avais échappé au pire. Je suis ensuite passé au scanner – il n'y avait aucune hémorragie. Sans transition, on m'a guidé pour la radio. Le diagnostic était sans appel, je m'étais démis l'épaule et fracturé le coude, a confirmé l'urgentiste de garde, luxation du poignet, bascule du radius. L'addition, écharpe amovible et batterie d'antalgiques avec cinq semaines d'immobilisation minimum.

Je me revois sortir sur le parvis, lessivé, ma feuille de soins tremblant dans ma paume valide. Un brancardier en pause fumait sa clope devant l'entrée principale et j'en ai profité pour lui emprunter son portable. J'ai composé de tête le numéro de la société de livraison de repas. J'ai demandé l'administrateur. On m'a passé le responsable secteur. J'ai tout expliqué, me suis excusé à nouveau, je ne sais plus trop pourquoi mais j'étais navré en tout cas. Mon interlocuteur a fini par enregistrer ma déposition. On me tiendrait au courant. Selon le protocole, j'allais être suspendu, convalescent, *indisponibilisé*.

II

Après l'averse, Lille s'était replongée dans son sommeil et j'avais claudiqué jusque chez moi pour faire redescendre l'adrénaline dans le silence de la nuit. Pas âme qui vive. Rideaux de magasins baissés, poubelles débordant des livraisons du soir, cartons d'emballage, terrils de cellophane, pailles, sacs en kraft parfois laissés pour morts, éventrés à même le sol. De rares lumières d'insomniaques se reflétaient dans d'immenses flaques d'eau bourbeuses. Pas un bruit. Seulement la musique des gouttières perlant un dimanche d'inondation.

Le trajet a duré une bonne heure, durant laquelle j'ai fait le bilan. J'ai compté, ça faisait trois ans de *shift* déjà. Alors comme ça, contre toute attente, j'étais devenu coursier au long cours ? L'occasion de me rappeler que j'avais été recruté par hasard, un soir, à Roubaix, alors que j'enquillais les tours au vélodrome André-Pétrieux. À l'époque, un représentant de la société de livraison était venu nous voir et avait distribué quelques flyers. Si on avait quelques minutes, même, il payait sa fricadelle. En vrai, nous avait-il dit, les gars, vous n'en avez pas marre de faire des tours sur cet anneau de ciment ? Ça ne vous dirait pas de vous prendre en main ? Tracer partout dans l'agglo, voir du paysage, rencontrer des gens et vous faire du cash vite et facile ? Il cherchait de la chair fraîche motivée qui savait rouler. Il nous avait vus aborder le grand virage, franchement, avait-il renchéri, vu votre niveau c'est un plan fait pour vous. On est à plus de trente pour cent du Smic horaire, nous avait-il garanti, main sur le cœur, la bouche fumante de frites – ouais plus trente, facile. Vous réfléchissez ? Appelez ce numéro. C'est gratuit et il y a une prise en charge exceptionnelle sur la caution du sac en ce moment. À bientôt j'espère. J'étais avec un pote d'enfance, Zied, et je me souviens très bien qu'on s'était regardés avec enthousiasme en opinant du casque. On était chauds bouillants.

Au début, ça allait comme sur des roulettes. D'un secteur à l'autre, je découvrais de nouveaux recoins de la ville, ça tuait le temps et avec ces rentrées d'argent, trois, quatre cents euros par semaine – record lors de la Coupe du monde de football, triomphe des hot-dogs de buvette de stade à domicile –, j'arrivais à aider ma mère à remplir le frigo et à boucler le mois plus serein, tout en suivant les études. J'avais fini par m'inscrire en première année de licence de géographie – un rêve de gosse. Mais avec les courses sur les mêmes plages horaires que la fac, le standard d'heures-kilomètres au taquet pour truster les tops de l'algorithme, c'est rapidement devenu trop difficile de tout concilier. D'autant que je devais combattre l'ironie de ma propre famille dans cette entame d'études supérieures. Enfin, famille, c'est un bien grand mot : ma mère, son frère Jean-Jacques – Jiji pour le premier guignol croisant son chemin – et ses beaux-frères, les vagues associés de Jiji, enfin quoique eux, je ne les voyais jamais. Car chez nous, autant dire que c'est un système D de type héréditaire, D comme débrouillardise, mais surtout D comme damnation, un logiciel rayé produisant des générations de bidouilleurs de tôle aimantés par le garage familial. Moi, j'étais taxé d'intello parce qu'à dix ans je n'étais pas foutu de faire une vidange. Pas manuel, pas génie mécano, pas fute-fute. À Roubaix, on ne comprenait pas mon désir de cartes, d'évasion, de grands espaces. Aussi loin que je me souvienne, il y avait pourtant ces planisphères multicolores punaisés aux murs de la classe d'école, ces lignes de découpage de frontières qui me fascinaient tant, les drapeaux des pays et les noms des capitales lointaines dans lesquels je me retranchais. Khartoum, Addis-Abeba, Tachkent, Douchanbé, je me les récitais seul, au lit, les invoquais tels des gris-gris tranchant avec l'horizon de tonnelets d'huile et son ciel de pancartes IGOL. Bref de là où je viens, on ne traîne pas trop à la fac. Et en un sens, malgré mes prédispositions aux études, on n'a jamais pu admettre qu'il puisse y avoir un autre avenir que la concession. Alors, Indiana Jones, tu pars étudier le grattage des cailloux ? s'était mis à se moquer Jean-Jacques, mon oncle, gérant, à chaque fois qu'il me croisait aux abords du parc d'occasions. Tu m'en laisseras un ou deux au frigo, hein, si jamais ? – et il piaffait de rire, toussant sa Gitane en montant dans sa nouvelle épave chinée au fin fond du Limbourg. Culture familiale : fumer dur, bosser sans filtre, ne rien déclarer sauf de fausses notes de frais et partir vers le caveau pied au plancher. Tout ce décor pour dire qu'entre l'augmentation des livraisons et les révisions des examens de janvier, les vacances de Noël m'avaient refroidi et j'avoue avoir vite été rebuté par les cours d'aménagement du territoire, l'introduction générale à l'archéologie et ces hallucinants travaux dirigés de géomatique, des plus soporifiques. Il fallait choisir. Mais voilà, si je ne voulais pas finir par moisir dans un garage fantôme, acheter des voitures belges, déjouer les contrôles fiscaux, bricoler des comptes et des cartes grises comme mon oncle Jiji, je n'avais pas vu la couleur des partiels non plus : pragmatique, j'avais opté pour la selle du vélo, sans grande conviction, histoire de m'émanciper au plus vite de l'affaire familiale sans rien demander à personne. Trois mois plus tard, un *shift* à temps plein et une série de bonus m'ont enfin permis de quitter Roubaix, le marasme de la cité-dortoir, et de sous-louer un studio à Wazemmes. Alors au début, en bon fils, je revenais au cocon voir ma mère le week-end – par le canal ça se fait rapidement –, mais très vite mes visites se sont faites plus rares et à compter du premier printemps je n'ai plus jamais quitté mes zones stratégiques, trop occupé par les livraisons en journée, la traque aux bonus le soir, les dimanches rapaces et le maintien d'une haute statistique de satisfaction.

Voilà, à livrer à temps plein, je n'avais pas vu le temps passer. En un mot, ce que je me suis dit sur le retour des urgences, c'est qu'à l'évidence je m'enfonçais dans ce rythme de tâcheron. Désormais privé de vélo, sans poignets ni coudes, j'étais de toute façon mis en jachère pour des lustres. Alors certes, je n'allais pas être mis à pied. Bien sûr, je ne serais pas poussé vers la porte ni placardisé et l'on ne me notifierait pas non plus une faute grave. Je livrais une prestation d'autoentrepreneur et, en termes de statut, j'étais tout à fait libre de postuler à nouveau. Le hic? Déjà, quand on travaille pour un algorithme, en cas de besoin, on a plus de chances de tomber sur un *bot* opaque dirigé par la 5G que sur un humain sensé. Alors après un coup de grisou, autant rêver de tomber sur un délégué du personnel. Ensuite, manquer à l'appel quatre jours, sortir de la mine une semaine, et pourquoi pas partir en vacances, bref, c'est simple : s'absenter induisait que la plateforme vous faisait tomber dans l'abîme du classement d'appels de coursiers. Là, j'ai compris que je ne pourrais même pas livrer à pied et que ça allait durer quelque temps. Inapte, hors selle, je m'exposais en réaction à une chute proportionnelle à la longueur de mon absence. Moins tu travailles, moins tu peux travailler. Car le droit ne régente pas cette étrange contrée de travailleurs intermédiaires. Zéro responsabilité, nulle fiche de paie, nulle présomption de salariat, nulle contrepartie n'est exigée d'eux vis-à-vis des matricules. Et de toute façon pourquoi se triturer quand on sait qu'une quantité de houilleurs sera toujours disponible pour dissoudre sans conciliation un éclopé dans la mathématique de la foule. Je veux dire : à une vieille carcasse blessée succédera un nouveau cabri plein de zèle. Il lui suffira de savoir pédaler le ventre creux.

C'était clair : dans les heures à venir, l'application de livraison de repas chauds ne serait malheureusement plus en mesure de renouveler notre partenariat. Donc rideau. J'allais être rayé de la liste. Résilié. Autrement dit, foutu.

J'ai tourné la clé dans la serrure de mon studio et me suis observé dans le miroir de l'entrée. Mon hématome facial avait doublé de taille et semblait vouloir encore s'étendre. Des ecchymoses annexaient la surface droite de mon visage et les bleus gonflaient sous ma peau. J'ai examiné ces contusions de près, appliqué. La forme de l'œdème dessinait un linéaire côtier et sous l'arcade sourcilière s'était niché une sorte de gros caillot noirâtre. Plus bas, les lésions autour du globe oculaire tiraient une ligne droite. Un front de mer se prolongeait en estuaire tuméfié jusqu'au maxillaire. Il y avait une mélasse mauve et bleu dans ces fjords en sang séché. J'avais déjà pris des tôles mais là, vraiment, j'avais la gueule en tempête atlantique.

III

Le lendemain matin, la plateforme de livraison m'a fait suivre un mail de réclamation. En résumé, expurgé de ses fautes d'orthographe, JeremXsan62, le client, avait appelé trois fois le restaurant à trente minutes d'intervalle, sa quatre-fromages, je cite, s'était volatilisée, on l'avait renvoyé vers un *chatbot*, il s'était tapé des téléopérateurs incompétents, livraison jamais effectuée, SAV catastrophique, même pas aimable, il attendait un petit geste, un code promo, un rabais – même pas en rêve –, vingt-trois heures il était mort de faim, dix-neuf euros c'était quand même hors de prix, c'était bien une boîte de voleurs, d'ailleurs, sales enculés – je cite toujours –, ça s'était bien foutu de sa gueule hein, il allait en tout cas porter plainte, parfaitement oui, bâtards, porter plainte, tellement il fallait fuir ce service et passer son chemin, fin de citation.

J'avais déjà encaissé une retenue sur paiement de douze euros pour non-port de tenue réglementaire. En juillet de cette même année, j'avais laissé le lycra manches longues dans le placard pour *shifter* quelques milk-shakes en tee-shirt. Je livrais dans les squares, au beau milieu des pelouses de parcs, en terrasse, je m'aérais en roulant quoi. Mais c'était interdit, le tee-shirt. Je m'étais fait prendre. Comment, je n'ai jamais trop su, sans doute balancé par un de ces types dépêchés pour surveiller les prises de commande. Une autre fois, alors qu'on jouait au foot aux heures creuses, un autre camarade coursier, Farid, nous avait mis en garde : selon lui, il fallait faire gaffe, il y avait de la délation dans l'air vers la rue de Béthune. On n'était pas censés taper la balle. Pour l'image, le prestige de l'uniforme, le dynamisme. On se méfiait. Je me rappelle autre chose : l'histoire du tiramisu aux spéculoos disparu de la commande plat-dessert, comme par magie, une fable inventée de toutes pièces par ce client qui ne cherchait qu'à se faire rembourser sa formule déjeuner. Je l'aurais, soi-disant, mangé en chemin, adossé à mon vélo. Affamé, le badaud m'aurait guetté depuis sa balustrade en fer forgé et vu bâfrer son dû au mascarpone avant que je ne sonnasse au pied du bâtiment. Un pur mensonge accouchant cependant d'une accusation bien réelle, et qui m'avait coûté cher. Des semaines durant, je m'en souviens très bien, la plateforme m'avait collé un blâme et j'avais dû ingurgiter sans broncher les distances peu rémunératrices du matin, absorber les commandes lointaines pour me refaire une virginité, redorer le blason, jusqu'à retrouver mes précieux quatre-vingt-dix-sept pour cent de bonnes notes et, par là même, les meilleures parts de travail. Jusqu'à ma délivrance, quelques jours plus tôt, où l'algorithme m'avait enfin notifié ma réaffectation sur le créneau du soir.

Ainsi, masqué derrière son petit clavier d'ordinateur, JeremXsan62 avait anéanti en toute impunité mes dernières chances de survie. Chaque avis déposé, chaque note, chaque étoile comptaient tant qu'il n'y aurait aucune indulgence à mon égard. Ce jour-là, j'aurais mis ma main à couper que mon sursis allait tomber. On me rendrait le *bad buzz* au centuple. Une chose est sûre, le mail était remonté car, en réponse au commentaire, l'administrateur référent avançait platement des excuses et arguait un malencontreux incident technique. Au nom de la société, il allait le contacter en message privé et l'encourageait vivement à sortir du pseudonymat pour trouver un arrangement. Parce qu'ils savaient qu'un repas livré à l'heure était toujours meilleur, ils mettaient un point d'honneur à respecter les délais de livraison. Un crédit exceptionnel était avancé : JeremXsan62 ne resterait pas sur sa faim.

En suivi de mail, Freddy M., *community manager*, n'avait pas manqué de me souhaiter un prompt rétablissement en m'invitant à me rapprocher de mon assurance personnelle. Nous ne nous étions jamais rencontrés mais pourtant, familiarité oblige, ton start-up de rigueur, voilà qu'il s'était autorisé à me tutoyer. Toute la Flotte pensait à moi d'ailleurs, elle m'embrassait, même. De mémoire, *Ride Safe !* était inscrit en signature automatique. En attendant, je pouvais garder la tenue bien sûr. Du moins, on ne me demandait pas de la rembourser ou de la recoudre.

IV

J'ai commencé ma traversée du désert du jour au lendemain. C'est affreux, en vérité, de raccrocher les gants sans préparation préalable. Il faut un sacré mental pour demeurer en repos forcé. Car en fait, quand on reste cloîtré, désossé dans son studio de Wazemmes, alors qu'hier encore tout son emploi du temps rompu net comme son guidon rimait avec le vélo – une vie faite de rustines, de plein air et de pleins poumons –, on se retrouve d'un coup d'un seul démuni face à soi. Ces *shifteux* familiers qu'on côtoyait sept jours sur sept de midi à minuit ne daignent pas vous appeler pour prendre des nouvelles. À certains, je laisse le bénéfice du doute : peut-être n'avaient-ils pas mon numéro, et il est vrai que j'ai mis une poignée de jours à me procurer un nouveau téléphone. Mais tout de même, c'est à croire que pour eux, esclaves drogués à la *cash machine*, vous êtes en fin de compte un pion de moins sur l'échiquier de la compétition : dans ce bas monde, un manque à l'appel est un gain potentiel. Il était déjà loin le temps de mes débuts où, à coup sûr, les pourboires à vingt-cinq centimes étaient jugés choquants, où les courses à quatre-vingt-dix centimes n'existaient pas, où le groupe d'entraide serait au moins venu aux nouvelles d'un des siens, s'arrêter en coup de vent, lui livrer une pâtisserie voire prendre le café entre deux commandes proches de Solférino, capitale de la *junk*.

Mais trêve de nostalgie : sans flux de machine, ç'a été l'expérience de la sécheresse. L'étendue du néant comme canevas, un paysage fixe et humide. On ne roule plus. La Flotte aux abonnés absents. Abou, volatilisé. Farid, silence radio. Ma mère et l'oncle Jiji, à doses homéopathiques de téléphone dominical – Dieu merci –, étaient très bien là où ils étaient, à Roubaix, donc, Épeule, quartier lointain, l'un croupissant dans son huile de vidange, l'autre appliquée à noyer sa dépression chronique dans une spirale de cheddar fondu, de café-bistouille et de charcuteries hollandaises. Restait bien Zied, l'ami Zied, ce vieux pote d'enfance. Mais, au final, un Zied guère au niveau du minimum syndical, hélas, trop obnubilé par Loubna, sa petite princesse de bar à chicha qu'il avait donc fini par choper. Je l'ai bien eu au téléphone, le Ziedounet, mais au bout de trente secondes, je me souviens, il avait commencé à me parler de mariage, d'un retour au bled dans le viseur, de l'indomptable beauté des montagnes kabyles, de *vraies valeurs* – c'est-à-dire d'enfants (le dingue) –, en fait il m'a vite emmerdé – et j'avais fini par raccrocher, tanné, prétextant un double appel important. Morale : dès qu'il y a un effort pur et sans contrepartie à fournir, les gens montrent leur vrai visage – celui, sans fard, de la laideur suprême.

C'était donc un décembre antalgique, avec dehors son lot de journées sans lumière et ses trottoirs éraflés par la pluie.

Dedans, il fallait meubler une végétation célibattante dans quinze mètres carrés. Alors j'avalais des tonnes de cassoulets mitonnés en boîte devant des heures de télévision, j'errais sur Internet entre deux céphalées – je ne faisais rien. Et fatalement je suis bientôt parti bille en tête dans une croisade anti-JeremX-san62. Animé par la haine de ce mouchard, je me suis obstiné à le localiser dans les méandres du Web, remonter jusqu'à lui, le coincer dans une impasse et pour tout dire lui faire bouffer sa quatre-fromages géante par le trou des yeux. Avant de me raviser, après trois jours à macérer dans un profond canyon à la recherche d'indices laissés sur des sites de repas chauds en ligne. C'était une vaine quête, bien sûr. JeremXsan62 resterait à jamais introuvable. Et à quoi bon carburer à la fixette malveillante ? Sans compter que le type pouvait tout à fait être un golgoth de deux mètres stéroïdé aux MMA. Et puis, quant à moi, j'avais encore le poignet en attelle et dois bien confesser que ne demeurait à mon actif guerrier qu'une bagarre sous un préau d'école primaire : face à lui, qu'aurais-je fait, concrètement ? À croire que pas grand-chose, sauf partir en réa, me soumettre encore un peu plus ou baisser les yeux. Bref, je me suis trouvé pathétique en troll avide de vengeance. La faute à l'ennui entre ces quatre murs, ces quatre planches. Je coulais. Allons, allons, me défiais-je, au réveil. Ressaisissons-nous. Et je me suis raisonné. Le mal était fait : un matin je me suis résolu à mettre de l'ordre dans tout ce foutoir, ravaler la façade et reconstruire. D'une, exit les conserves de cassoulet avalées à pas d'heure devant « Top Chef ». Deux, aérer le clapier. Trois, je n'étais pas geignard, j'avais juste touché le récif mais j'allais donner un coup de palme vers la surface. Alors je me suis mis sans tarder à chercher une activité en excluant d'office l'idée d'une reprise d'études. Je n'avais pas le temps. Pas la discipline. Pas le luxe. J'ai d'abord pensé au Bitcoin – Internet ruisselait de séduisantes cryptomonnaies –, démarrer un petit revenu passif, investir légalement dans le cannabis thérapeutique, dans l'huile de plante, dans la vape, acheter une parcelle de marijuana au Costa Rica, miser sur le marché CBD, suivre le juteux filon de cet or vert du futur. J'ai hésité. Avant de me rappeler que j'avais d'abord une quittance impayée à régler de manière plus bassement urgente, et qu'en toute logique j'allais avoir du mal à mobiliser une épargne que je n'avais même pas en rêve. Alors, pour seule occupation fructueuse compatible avec mon handicap provisoire, j'ai repris les patchs pour divers tests, médicaments, cosmétiques. Le centre EvaLabTop était au bout de ma rue et j'y allais depuis un peu plus d'un an, à l'occasion, pour y offrir mes parcelles d'épiderme comme cobaye de laboratoire. Deux longs jours de patchs, crèmes, lotions pour vingt boules avec, en prime, une irritation cutanée occasionnelle.

Une de ces matinées crépusculaires, las de compter les parapluies, je suis sorti me proposer pour une étude cumulative de quatre semaines. Il s'agissait d'évaluer le potentiel inflammatoire d'un produit topique. En gros, valider l'intérêt de molécules et vérifier si la lotion était susceptible de développer des bactéries. Il y avait des risques, certes, il fallait assumer les effets potentiellement négatifs ou les réactions inattendues mais, à ce stade, pour une rentrée d'argent je m'en foutais royal et, coup de bol, je n'ai rien chopé de notable.

Sujet à peau saine, en bonne santé abstraction faite des « événements » récents, j'ai donc sous-loué mon dos à EvaLabTop, mes mollets puis, sans vergogne, mon visage pour un peu moins de deux loyers. J'ai pris le temps-plein : menu complet, essai ouvert, essai en double aveugle, contre-placebo. En fait j'ai tout coché. Pour participer aux progrès de la recherche, clamais-je à chaque fois, en arrivant, à la jolie standardiste, trop heureux d'avoir quelqu'un à qui parler et dans le fol espoir de la séduire (elle se forçait hélas à rire en retour, en me tendant mon ticket, c'était gênant, cruel – enfin passons). Disons que j'ai fini criblé de patchs. Pour l'avancée de la science et quelques centaines d'euros. Je me revois sursauter, de retour d'une session dermato-cosmétique, en me découvrant en gueule cassée dans le miroir de l'entrée du studio : enfoui sous moi-même, couvert de bandages, enveloppé de strappings – j'étais à deux doigts de rivaliser avec l'Homme invisible.

Mes nuits, je les passais cloué au lit avec, le plus souvent, mon ordinateur posé sur le ventre, un sachet de tramadol à portée de main bandée et un onglet ouvert sur la télévision streamée. Vers une heure, sur la 12, je guettais le replay d'une série d'émissions dédiée aux championnats du monde de barbecue quand je suis tombé sur un programme insipide consacré à Marseille. Elle avait bien des atouts, la cité phocéenne : son port, son club de football, ses effluves méditerranéens, son art de vivre et ses calanques. Je zyeutais mollement. Ça suintait le publireportage mais, à défaut de mieux, je n'ai pas zappé et j'ai repris un tramadol. Sans doute aussi parce que la voix off a évoqué une cuisine caractéristique gorgée de soleil, et que d'un coup des plateaux de fruits de mer ont envahi l'écran, l'anchoïade, la soupe au pistou, la bourride, mais surtout l'incontournable bouillabaisse qui avait largement fait sa réputation.

Cut.

Séquence de grand-mère universelle touillant une haute marmite fumante, ambiance de marché provençal, poissons frais à la criée. Travelling, le présentateur est apparu au centre d'un escalier, et a ensuite déambulé dans un dédale de fines ruelles. Mais à l'heure où le tourisme gourmet se développait à vue d'œil, entamait le type, alors que l'on voyait fleurir un peu partout de nouvelles enseignes à bouillabaisse entre la Canebière et le Vieux-Port, l'emblème de la cuisine populaire souffrait d'arnaques. La bouillabaisse traditionnelle avait-elle déserté les menus de la ville au profit de ces pâles copies surgelées ? La bouillabaisse, aujourd'hui un produit d'appel pour touristes jugé douteux ? La suspicion des Marseillais s'installait et si le plat perdait sa grammaire, et le plus souvent toute sa saveur, l'addition restait salée. Certains restaurateurs s'insurgeaient contre la spoliation de leur plat étendard. Mais que faire ? Quoi proposer ? Et, toujours en mouvement, le journaliste partait agiter ses mains à la rencontre de ce jeune entrepreneur qui avait capitalisé sur la bouillabaisse familiale comme héritage. Son challenge ? Redonner ses lettres de noblesse à cette légende de la criée et la rendre aux Marseillais. Offrir une cuisine de fraîcheur généreuse et abordable – et franchiser, pourquoi pas. Afin de ne commettre aucun impair, cet enfant du pays investissait avec les moyens de son ambition. Pour chercher le levier du panache, il plaçait la démarche qualité au centre de tout. Et par le biais du « client mystère », il expliquait s'assurer du bon respect de ses standards mais, surtout, de recueillir un avis objectif sur la qualité de son offre en cuisine. Et en salle, bien sûr. Car, une, l'explication d'un plat était le préalable nécessaire à toute expérience culinaire digne de ce nom et, deux, soixante pour cent de l'appréciation globale se passaient en amont de la dégustation – bref, l'expérience client valait de l'or.

Après la pub, l'équipe est partie enquêter dans les coulisses de ce business fleurissant. Qui étaient-ils ? Comment opéraient-ils ? Combien gagnaient-ils ? Pour en savoir plus, nous avons suivi Corinne – son prénom avait été modifié –, dépêchée par PMGT, une nouvelle agence spécialisée dans le *mystery shopping*. À la demande de ce prestataire, elle visitait des hôtels, des boutiques, des pharmacies ou des banques. Elle en testait l'accueil et rédigeait des rapports pour arrondir ses fins de mois. Nous allions voir Corinne évaluer les serveurs recrutés à la dernière adresse du paladin de la bouillabaisse. Sa mission ? Vérifier la bonne connaissance des plats régionaux par les serveurs et les équipes en salle. On avait rendez-vous sur le parking du restaurant, à quelques encablures de la plage. En arrivant devant, la première chose qu'elle regardait, confiait-elle à la caméra, c'était la propreté extérieure, la bonne présentation. On lui avait transmis la liste des questions qu'elle devait poser pendant la visite. Avant d'y aller, Corinne les relisait pour se remémorer l'ensemble. La suite se poursuivait en caméra cachée.

Bonjour Madame, oui bonjour, j'ai réservé pour une personne au nom de – *bip* –, pour midi trente. Oui ? Très bien, un instant je vous prie. Oui, tout à fait, bienvenue, Madame bip, veuillez me suivre s'il vous plaît et s'en est suivi un travelling à hauteur de sac à main. En voix off, à première vue, l'accueil est cordial, premier bon point. Corinne doit désormais commander les plats imposés par le scénario. Avez-vous fait votre choix, Madame ? Oui, je crois, mais en fait j'aimerais des renseignements. Je ne suis pas de la région et, je sais c'est un peu stupide, mais je ne vois pas exactement ce qu'est une bouillabaisse. Mais nous sommes là pour ça, Madame. C'est un ragoût des calanques qui fait une place d'honneur à notre pêche locale. Les poissons sont cuits dans un bouillon à l'huile d'olive relevé au vin blanc assaisonné d'un fumet fait de blancs de poireau, d'oignons, d'ail, de tomates épépinées et concassées. Nous y ajoutons du fenouil, des queues de persil, quelques pommes de terre, un peu de safran, une pincée de sarriette sauvage et un zeste d'écorce d'orange séchée. Les ingrédients s'amalgament, on *gansaille* bien le tout sur le feu Madame et quand ça *bouille*, on baisse. Les explications n'en finissaient pas. Plat signature inchangé depuis 1923... l'arrière-grand-père du chef... de génération en génération... poissons de roche, pêchés à la ligne... rascasse, congre, rouget, vive, loup, saint-pierre, daurade, grondin, baudroie, parfois du cavillon, du chapon, du pajot, du merlan, du rouquier selon la pêche du jour. Dernière question, excusez-moi je suis curieuse, mais je me demande comment est servi le plat ? Bien entendu, Madame. Il est servi dans deux plats différents, l'un assez profond, pour le fumet, et l'autre, plus large, pour le poisson... présentés entiers et parés... c'est-à-dire qu'on a au préalable supprimé les têtes, les arêtes et les peaux intérieures... la rouille et l'aïoli sont relevés à votre convenance... versé sur des tranches épaisses de pain frotté à l'ail. Agrémenté d'un petit vin ? Vous auriez peut-être un conseil ? Mais certainement, j'allais vous le proposer, Madame. Ce mois-ci, nous avons un coteaux-varois-en-provence, rosé... grenache noir, très fruité, soyeux en bouche. On reste dans le terroir. Ensuite, je peux vous suggérer un cassis en blanc. Là on est sur un bourboulenc, blanc donc, léger... arômes floraux, très frais – j'en passe. Avec cette série de questions, reprenait la voix off, Corinne testait les connaissances et l'amabilité des serveurs. Il lui fallait être à l'affût du moindre détail car, après le repas, elle remplirait en effet un questionnaire précis qui devrait rester secret.

La bouillabaisse est finalement arrivée, tout en volume devant son cortège ocre rougeoyant. Corinne regard caméra, sourire gourmand.

Cut.

Corinne à la sortie du restaurant devant le parking réservé à la clientèle. Elle nous y confirmait en toute discrétion que les procédures standards avaient bien été mises en place. Globalement, elle était satisfaite. C'était une bonne visite, la cuisine était délicieuse, rien à redire. Un peu chère, mais la qualité se payait. Sinon le serveur avait été courtois, propre sur lui, connaisseur, elle sentait qu'il produisait un vrai discours, que ça avait été assimilé. Le moins, c'est qu'il avait été maladroit dans le service du bouillon, il y avait eu des éclaboussures, elle avait manqué se faire tacher. Aussi, elle avait dû demander pour l'accompagnement, alors elle ne se souvenait plus s'il avait oublié de lui proposer du vin, mais elle était en droit d'attendre que ce soit fait. Bon, il s'était rattrapé, mais elle était contrainte de le noter. Corinne avait aussi trouvé ses explications un peu longues, ça faisait appris par cœur, téléphoné. Et elle avait dû se servir d'eau elle-même. Vu la gamme de prix, ça le faisait *moyen-moyen* mais sur Marseille, assurait Corinne, on avait connu pire. Ça restait au-dessus de pas mal d'adresses.

Voix off, conclusion : Corinne travaillait pour le compte de PMGT, une visite comme celle-ci pouvait lui rapporter jusqu'à trente euros et les frais engagés lui étaient remboursés sur justificatif dans une limite définie. Ces sociétés spécialisées se multipliaient près de chez nous, disait la télé, oui, juste sous nos yeux. Elles mandataient de plus en plus de particuliers souhaitant arrondir leurs fins de mois. Magasins de vêtements, salons de coiffure, centres de soins de beauté, bijouteries, pharmacies, entreprises de service public, aucun secteur n'échappait aux *mystery shoppers*.

Alors je me suis dit qu'avec la Flotte, j'avais emprunté la mauvaise voie. Sans parler de quand je faisais mumuse déguisé en cobaye de laboratoire. Petit bras patché pour une quittance ravitaillée. Transparent, inutile en devenir, vidé d'ambition : je me suis senti bien niais. L'idée de me glisser dans la peau d'un personnage pour me rincer à l'œil au restaurant m'excitait beaucoup plus et, incidemment, j'ai tapé « PMGT client mystère inscription » sur Google. Le site proposait de télécharger Walk&Rate, une application de PMGT spécialement conçue pour smartphones. Simple, en français, efficace et gratuite, elle promettait de drainer des euros rapidement via de petites missions à réaliser quotidiennement. Au départ, j'étais dubitatif face à ce type de promesses sur Internet – devenez riche en trois jours sans efforts, découvrez un plan d'action complet pour faire fortune, les médecins la détestent ! obèse morbide elle a perdu soixante et un kilos grâce à une méthode incroyable – ce genre de spams pompes à virus. Est-ce que cela payait réellement ? J'ai fait quelques recherches : les avis étaient en grande majorité élogieux, rédigés dans un français correct, tout en superlatifs, louanges, preuves de paiement par dizaines, des internautes semblant réels et satisfaits. On était dans le concret, pas dans la quête financière hors-sol. En fait, Walk&Rate semblait bien calibrée pour commencer dans le monde du client mystère – dans l'attente de plus gros contrats, avais-je lu sur un forum. Qu'avais-je à perdre à tenter ? D'autant que le « Profil Plus » recrutement du moment correspondait à un homme caucasien, entre seize et trente ans, ayant arrêté ses études avant le bac, n'ayant pas l'intention de suivre des études post-bac ou ayant l'intention de faire de courtes études. Autrement dit, Walk&Rate, pour moi, c'était du sur-mesure.

Le lendemain, j'ai arraché mes bandelettes de momie égyptienne et je suis sorti acheter un nouveau cellulaire. Un éligible. J'ai installé l'application en moins de cinq minutes – RIB, virement bancaire, PayPal, scan de pièce d'identité, formulaire standard, j'acceptais les cookies, re-CAPTCHA, je n'étais pas un robot, j'avais lu et accepté toutes les conditions et trois, quatre clics plus tard, j'étais bienvenu à bord.

V

Présence-produit, visibilité, cohérence du relevé de prix, pour ma mission inaugurale j'avais commencé par contrôler la mise en place dans les rayons de produits de grande distribution. Il s'agissait donc de photographier un liquide vaisselle combinant dégraissage et formule anticalcaire. Agents nettoyants d'origine végétale, hypoallergénique, testé sur peau sensible, c'était un emballage supposé inspirer confiance grâce à sa transparence et sa pastille verte. J'avais un peu erré dans le supermarché, repéré la cible, fait mine de m'y intéresser un instant tout en scrutant l'absence de vigiles – ces derniers, tous des armoires à glace, sont rétifs à l'idée de ces enquêtes. J'avais sorti le téléphone en mode silencieux et photographié sans flash. Six euros. Dans la foulée, le remplissage du rayon confiserie avait-il bien été effectué ? Quatre euros. Le code-barres de la promotion sur les farfalles Barilla, un paquet acheté, le second à moitié prix, avait-il été actualisé ? L'affichage promotionnel était-il facilement identifiable ? Deux euros soixante. J'avais envoyé le tout par MMS avec mes coordonnées GPS. C'était peu glorieux, m'étais-je dit, mais il n'y a pas de sot métier et mon compte avait été crédité dans les vingt-quatre heures – ça m'avait incité à poursuivre. L'essentiel se passait sur mon portable. Sur la carte de la ville, les missions disponibles surgissaient en pop-up selon ma géolocalisation. Un pictogramme pointait l'adresse ciblée en affichant la nature de l'offre, la distance du point de vente et le gain à empocher. La suite, c'était à chaque fois un scénario à jouer en dérapage contrôlé.

C'est bientôt midi et le carrelage du McDo de Lille-Flandres colle déjà. À l'entrée du restaurant, directement sur la droite et contre la vitrine coudée, le coin trusté par le gang des parkas. Attablés sur des chaises à pilotis, les types pioncent sous leurs capuches, au creux de leurs mains calleuses des cafés allongés refroidis depuis des plombes – ils décongèlent doucement. Autour d'eux, personne évidemment, on ne se mélange pas aux parkas, vu leur fétidité. Devant, dans la file, des pères de famille un peu paumés face à tous les choix de formule et leur marmaille gesticulant entre leurs jambes. À gauche, les étudiants de la fac, agglutinés autour des bornes automatiques, se bousculent dans la cacophonie pour commander. Tous flanquent leurs CB sans contact contre la machine. Beaucoup de tables sont déjà prises et ça rôde pas mal autour, on frôle presque l'embouteillage, du moins jusqu'en bordure de la *no-go zone* parka. À ce train, dans un petit quart d'heure, ça va virer à l'hystérie tant le monde afflue – vraiment, avec le retour du Big Tasty, c'est couru d'avance, les Français aiment tellement McDo. Que fait le manager ? À part tourner en rond en cuisine en charlotte-chemisette, force est de constater que pas grand-chose. Il tournoie comme un corbeau derrière les préparateurs de sandwichs.

Moi, en tout cas, je feins l'indécision devant le panneau des menus, en retrait. En fait, je scanne tout un tas de paramètres, l'air de rien. Par exemple, j'ai déjà remarqué de nombreux détritus sur le distributeur de ketchup mayonnaise en libre-service. Ou la mise en place de la campagne figurines Schtroumpfs à collectionner dans les Happy Meals. À l'heure pile, la sonnerie spécifique bipe toujours trois fois. C'est mon signal. Les équipiers se lavent-ils les mains ? Se savonnent-ils avec le bactéricide hydroalcoolique jusque sur leurs avant-bras et ce durant un laps de temps minimum de quinze secondes ? Je les chronomètre puis consigne tout ça dans mon appli bloc-notes, le plus discrètement possible. Ensuite, comme dans toute mission Kiosk *by* Walk&Rate qui se respecte, je passe à l'action. Pour les besoins du scénario préétabli, ce jour-là, je dois demander des frites non salées avec mon Best Of Royal Cheese. En McDologie, exiger des frites sans sel au comptoir, c'est en effet la garantie de croquer une fournée croustillante à peine sortie du bac à huiles : satisfaisant-conforme. Vous faites un peu attention ces derniers temps mais ne souhaitez pour autant pas vous priver de votre menu préféré ? Vous surveillez votre pression artérielle après les Fêtes ou avant Pâques ? Qu'importe. En fait, vous n'avez même pas besoin de vous justifier et vous n'aurez, a priori – j'étais justement là pour le vérifier –, jamais la mauvaise surprise de repartir avec une ration froide et mollassonne. J'étais venu comme j'étais, la section des commis aux tubercules cent pour cent français se devait donc, selon Kiosk, d'obtempérer, au risque de perdre du temps sur les commandes à la borne. Client roi, vigie de la magie de la cuisson optimale, j'attendais juste qu'on jette les restes d'un lot *timé* et que, la main sur le cœur, on ouvre pour moi un paquet neuf. Kiosk en plein rush ? Au besoin, l'équipe grill viendrait en renfort, selon le protocole interne, pleine de bonne volonté, pelle à frites à la main. (À toutes fins utiles, ce *tip* fonctionne aussi pour les burgers exigés sans sauce ou sans cornichons.) Ensuite bien sûr, libre à moi de choisir la quantité de sel que je souhaitais, quitte à me foutre en hypertension : ici, chez eux, j'étais chez moi.

Est-ce possible d'avoir des frites sans sel avec mon menu ? Je suis un régime à teneur réduite en sel, je dis, pliant les yeux, en caisse. C'est possible, oui (pointe de lassitude), d'ailleurs ma commande spéciale est tout de suite hélée derrière en cuisine. L'équipier qui l'a prise m'a-t-il paru sincère et poli ? Oui, quoique distrait, flottant, puisqu'il faut bien avoir un avis et qu'on me rémunère désormais pour cela – en vrai, j'ai toujours eu l'impression que les caissiers de chez McDo devaient se défoncer pour pouvoir faire leurs heures. Je coche « oui ». Entre la couveuse à burgers et les cascades de sodas, j'aperçois les deux filets de tête furtifs des préparateurs. La tension monte. Les sous-staffés maugréent – je passe l'éponge. Temps global de service, trois minutes trente-cinq, délai limite mais qui me permet tout de même d'explorer les W-C muni de mon code d'accès. Les chiottes sont infectes, la faïence criblée d'éclats de selles, du papier toilette imbibé d'urine (apnée en immortalisant cette cuvette dévastée). Procédure de nettoyage défaillante, zéro sans appel et appétit coupé net. Il me faut néanmoins poursuivre la mission. Celui qui m'a remis la commande du Best Of l'a fait de manière impersonnelle et mécanique. En outre, sous sa casquette, sa tenue n'est ni propre ni soignée. Je coche « tenue négligée » et assène une note négative, bien qu'en vertu du protocole il m'ait regardé dans les yeux et semblé attentif. En revanche, personne au comptoir n'a tenu une conversation privée devant moi ni ne m'a interrompu pendant que je parlais. Car entre-temps j'ai fait une remarque sur le prix, comme le stipulait l'ordre de mission Kiosk : tiens, le cours du Royal Cheese a encore augmenté, j'ai dit, franchement, McDo, à ce rythme, ça va bientôt coûter plus cher que d'aller bouffer à l'Hippopotamus. C'est la loi du marché, me répond-on – qui de l'équipe, je ne relève pas – d'un haussement d'épaules. En conséquence de quoi je décoche la case « personnel attentif répondant avec bienveillance », en gratifiant toutefois le sujet d'une prise de congé correcte. Dans son emballage, ensuite, mon sandwich est-il chaud ? Je le jauge tiédasse, et ce bien qu'il soit droit sorti de la couveuse. Apparaît-il en désordre ? Oui, à l'évidence, il est tellement disloqué qu'on dirait une peinture abstraite. Deux tranches de cheddar enrobent-elles bien le bœuf ? Est-il bien centré ? Le steak a un peu dérapé, oui, comme s'il avait effectué un petit ricochet en bordure de bun. Je dois même croquer dedans pour apprécier la chose, pour le bien du consommateur – pas d'engagement moral sans engagement physique –, et le steak n'est ni dur ni caoutchouteux, mais trop gras. Et trop cuit. C'est toujours trop cuit. Le cheddar, lui, n'est ni fondu ni dur ni desséché, c'est un fromage de burger, tout ce qu'il y a de plus conformément insipide ; l'important, c'est qu'il n'ait point été oublié. La garniture, enfin, déborde-t-elle ? Peut-être juste un chouïa mais passons, j'ai coché la meilleure note. Pas de corps étranger recensé mais la salade est, disons, triste, flétrie. Entre les deux pains, est-ce que je constate la présence de tous les ingrédients attendus, c'est-à-dire un empilement de cornichons et d'oignons surplombé de moutarde et de ketchup ? La tomate du sandwich est-elle trop mûre ou trop verte ? Drôle de question, le coup du produit de saison.

Bref, je finis d'opérer la dissection en sortant. Tout est globalement à sa place, conforme à l'horizon d'attente de toute *junk* qui se respecte. Il y a toujours mieux, certes, mais c'est plus cher. On m'a remis les condiments demandés avec serviettes en quantité suffisante. Les pailles ont disparu chez McDo mais les sauces surabondent. Fiabilité de la commande satisfaisante, ma visite à l'instant T est terminée. Expédiée juste avant l'heure de pointe. Je photographie ensuite le ticket de caisse et propose le restant du burger au type plié en quatre sous le feu au carrefour. Il le refuse, je balance le Cheese sous le coude dans la première poubelle. Ce n'est pas dans mes habitudes, de gâcher de la nourriture, mais là je n'ai plus faim, la mission W-C m'a retourné l'estomac. Cela dit, à mon souvenir, j'ai quand même bouffé les frites sans sel en marchant, par automatisme – racornies, les frites, soit dit en passant, un goût presque rance.

VI

Les premiers mois en tant que *mystery shopper* j'ai questionné un agent d'accueil sur les modalités d'ouverture d'un compte épargne à la BNP, amorcé des crédits immobiliers imaginaires – à la suite d'un héritage, je souhaitais avoir un avis autre que celui de ma banque, concurrente directe –, déjeuné dans une nouvelle franchise de grill de rocade – on devait me proposer le plat du moment, pavé de rumsteck, sauce béarnaise, le souhaitais-je bleu, saignant ou à point ? J'ai même dormi à l'hôtel pour la première fois de ma vie. Un client porteur d'un coffret-cadeau s'était sans doute plaint d'avoir été mal reçu car j'ai dû déclencher le room-service à une heure bien précise et on m'avait monté une collation après vingt-deux heures trente, sans rechigner. Savon enveloppé, serviette pliée, réfrigération du minibar optimale, absence de détériorations, une chambre sans bruit, aux plinthes sèches, la procédure d'accueil au lobby avait-elle été respectée ? M'avait-on salué avec un croisement de regard ? Avais-je remarqué un ou plusieurs signes d'agacement ou de lassitude de la part du personnel de l'établissement ? Le *process* avait-il été suivi correctement ? Le franchisé arborait-il un sourire bienveillant dans l'accompagnement client ? En réponse à ces questions, une exigence constante : quand on veut vivre des autres qui travaillent, il faut être préparé à noter ces gens pour les besoins des entreprises, à enregistrer leur discours commercial, à les mettre à l'épreuve.

Pour une chaîne de boulangeries, je dois jouer le rôle du consommateur qui ne respecte pas les règles et m'assurer que l'objet de l'audit du jour est en mesure de me recadrer avec tact et diplomatie. Les frais de bouche sont couverts, plus un euro symbolique. Je me pointe devant la nouvelle enseigne Rebuffat, à Lille Fives, et la fiche de scénario tombe par SMS.

Plein rush sandwichs sur la pause déjeuner. Une certaine affluence, visuels de produits appétissants dans la file, rien à signaler côté jambon-beurre ; c'est satisfaisant-conforme. Derrière le comptoir, la vendeuse est seule. Tenue propre, cheveux longs attachés, ongles et mains impeccables. Sourire gingival, je vous écoute bienveillant. Boutonneuse sous le fond de teint, elle me fait un peu penser à Vanessa, une ancienne pote de lycée avec qui j'ai coupé les ponts. Après la formule pan-bagnat-Coca Zero en imperméable, c'est à mon tour. Ramené en arrière, je suis d'office mal à l'aise : évidemment cette Vanessa bis n'a pas grandi. Seize ou dix-sept ans, guère plus. Tout juste déscolarisée, je me dis. Ça sent la période d'essai à plein nez. J'ai soudain la boule au ventre alors que je dois mettre les pieds dans le plat – Walk&Rate n'a pas le temps pour ces états d'âme de classe de seconde quatre. À elle de s'affirmer face à moi dans le parcours client, droit dans mes bottes, gonflé à bloc dans les habits d'un autre. Je lance l'impro. Bonjour, j'appâte sans un regard en m'appliquant à scruter la carte d'ardoise (repérage des produits lisible, aucune étiquette sans produit derrière) sur le mur en briques peuplé de prises de vues new-yorkaises. Réponse polie, accessible, disponible, aimable. Son tablier conforme au point de vente ; c'est satisfaisant-conforme.

Formule à huit euros cinquante, je claque. Panini chèvre. Je suis pressé. Je suis désolée Monsieur, rétorque tout de suite la nouvelle en probatoire, je regrette mais c'est hors formule, les paninis. C'est marqué. Ça fera neuf cinquante. Dans le mille. Ah bon ? Ah mais vous en êtes sûre, Mademoiselle ? Vanessa bis en est sûre, oui. C'est donc non. Bizarre, ça n'a jamais posé problème auparavant, je suis habitué, vous savez, c'est curieux. Je sens qu'elle s'efforce d'être attentive et à mon écoute ; c'est satisfaisant-conforme. Donc je lui répète écoutez une formule à huit euros cinquante s'il vous plaît, articulant lentement *panini chèvre*.

Des salariés en manteau attendent leur pitance. Je les sens pressés. Écoutez, je gronde la gamine, mauvais acteur, vous êtes gentille mais je n'ai pas vraiment le temps, là. Ça sent le canular mais l'apprentie sandwichière est tenue en joue. Les oreilles de derrière sont hérissées. La file sur le trottoir s'allonge, Vanessa bis est exposée. Derrière, sous le rideau d'air chaud, on s'éclaircit la gorge. Ça souffle. Moi, la cancre, je dois encore la cuisiner. C'est un vrai calvaire, la basse cuisson. Vaness' est désolée mais c'est encore non. Ce n'est pas elle qui fixe les règles, malheureusement, me souffle-t-elle, rouge écarlate, en saisissant toutefois le chèvre avec sa pince de service. Les prix affichés sont ceux déterminés par Monsieur Rebuffat. L'audit est clair : le salarié du jour, je dois le tester et voir jusqu'où il peut aller dans l'opposition en mettant en œuvre des techniques de résistance à l'insistance.

J'ai honte mais je dois taper du poing, la pousser dans ses retranchements, voir sa capacité à gérer son stress, l'urgence, l'imprévu et la tension. Je sens que les affamés de thon-mayonnaise s'agitent. Je ne peux y couper, c'est maintenant. Je voudrais parler à votre supérieur, s'il vous plaît. Elle est seule, me promet-elle, suppliante. Elle n'a pas la main mais me propose de revenir en discuter à dix-sept heures avec Monsieur Rebuffat, le propriétaire. On touche le point sensible. Tout est mis en œuvre pour m'apporter une solution ; c'est satisfaisant-conforme. Qu'est-ce qu'elle croit ? je médis d'une voix de série B, que j'ai le temps de revenir bavarder ? Oh oh je travaille aussi, et j'arrête pas, d'ailleurs, alors je demande juste une formule midi, une formule panini chèvre, comme tous les midis. Je suis en apnée d'être aussi infect. C'est un supplice ulcérant que de batailler pour un euro. En plus je joue comme un pied. Merde. Je vais tout lâcher, me tirer en courant et ne plus jamais revenir. Vanessa bis tient bon et, avec son sourire acnéique, bégaie : avec ceci ? Boisson ? Dessert ? J'opte pour le paris-brest avec un Perrier citron. Ça fera neuf cinquante s'il vous plaît, par carte ? Sans contact ? Espèces ? Ticket-restaurant ? Et sans crier gare le panini finit écrasé sous le gril rainuré.

Mes neuf cinquante gratinent sous le néon rose « Brooklyn Bakery » quand Vaness' me propose une boisson chaude en produit complémentaire. L'ordre de mission le stipule, je suis obligé d'accepter. Ce sera un café allongé, et onze euros, montant qu'elle m'annonce, aimable encore, et avec un nouvel échange de regard. Elle a frôlé l'explosion mais a fini par gagner : le panini restera hors formule et j'ai payé un supplément. C'est parfait. Je range la lame, empourpré. J'ai envie de lui crier bravo c'est bon, t'es titularisée, mais selon le protocole je dois casser un billet de vingt sur onze euros en grimaçant. Vaness' reste si crispée qu'elle ne cesse de me sourire benoîtement alors que j'attaque déjà le quignon – savoureux et dans un bon état de fraîcheur – en récupérant mes pièces dans le bec du monnayeur automatique. Conclusion sur la grille d'évaluation : très satisfaisant. Feed-back ressenti de ma visite : le chèvre est lourd. Ce repas, bien qu'à la saveur défrayée, tapisse mon ventre de cailloux – en fait, je me sens sale.

J'ai souvent eu affaire à des situations similaires à celle de la boulangerie Rebuffat qui m'ont fait douter. À cause de l'empathie que provoque malgré lui le petit personnel, face à sa vulnérabilité gauche, face à une pauvre question piège que l'on pose en traître, l'air de rien. Pain au levain ou levure fraîche ? Farine T55 ou semi-complète ? Le seigle, au juste, qu'est-ce que ça apporte, *exactement* ? J'hésite, vous me conseillez quoi entre le crudités et le poulet tikka ? En toute honnêteté, le plus souvent, j'avais du mal à tisser un rôle de composition face à des personnes à la place desquelles je n'aurais pas aimé me trouver. Car à les voir trimer devant moi, ces rafistoleurs de fin de droits, ces vieux, compost en devenir, ça me rappelait à chaque fois mon passé récent de coursier et mon obsession de livrer chaud. La règle d'or du *shift* nocturne, c'est de limiter la chute de la température du plat – en gros, après une certaine heure, qu'importe la saveur, pourvu que ce soit chaud et que les fils de fromage s'étirent. Cet ultimatum m'obsédait. À peine mon téléphone vibrait que déjà mon rythme cardiaque s'emballait. Ensuite j'accélérais au feu rouge et quand je reprenais mon souffle sur le palier je priais que ce soit encore suffisamment chaud pour Monsieur Machin, troisième droite. Allait-il être satisfait ? Je revois ces demi-regards croisés lors des transactions, ces vagues formes humaines en pyjama, bras mous à peine tendus, mon merci à vous hypocrite, n'oubliez pas de me noter sur l'application, bon appétit puis les portes blindées qui claquent, les escaliers à peine dévalés et ce nouveau bip d'assignation, commande acceptée d'un coup de pouce, changement de secteur, charbonner le taco trois viandes, bref, inlassablement les mêmes gestes, pick-up restaurant, pédaler toujours plus vite, les intérieurs design tout confort entraperçus depuis les paliers, bonsoir ça va, ça n'a pas été trop long ?, pourboire à la clé, pouce bleu, sourire du livré se sentant le plus souvent coupable de sa paresse en cuisine puis rebelote encore, tout au long du *shift* les étoiles client, la note, la température, que diable, quand la vibration de la chaussée pavée remontait le long de ma colonne vertébrale, quand j'attachais à nouveau le vélo, quand j'entrais dans le bloc, quand j'avalais les marches quatre à quatre en m'entraînant à sourire, sonnette du haut, etc. Bref, je m'égare. Tout ça pour dire qu'au début de l'ère Walk&Rate, il fallait que je me blinde de titane. Mais j'avais beau me pointer un peu en avance, me trouver un bout de trottoir, un hall d'immeuble au calme, essayer de me préparer à aller au charbon et surtout ne pas trop intellectualiser ; ça ne restait, hélas, qu'un vœu pieux.

Au milieu des missions, je me revois le plus souvent comme un lapereau pris dans les phares d'un Chevrolet Suburban. Juste, j'encaissais. Puis je rentrais chez moi, au fond de la gamelle, avant de repartir battre la campagne. C'était humain, tempérais-je, ça allait passer. Bientôt la validation des acquis de l'expérience – *tu parles, Charles*. Je n'arrivais pas à m'y faire.

VII

Troisième partie de soirée sur Horror Channel Two Classics, j'ai pris en cours de route un vieux film en noir et blanc. C'était cocasse, mais l'Homme invisible était là, le sang blanchi sous ses lunettes rondes, faux nez, moumoute, bandelettes croisées, logeant seul dans sa petite chambre à l'étage d'une auberge anglaise. L'intrigue était déjà bien entamée. Dans une scène, face à la matraque d'un policier et sa meute de bouseux, le héros se déshabillait de ses pansements en riant comme une hyène et distribuait des claques à la cantonade. Pendule qui tombe, petite strangulation, pintes qui swinguent sur le comptoir, bicyclette qui vole, il semait la panique au village et prenait la clé des champs – grisant, et pas mal du tout niveau effets spéciaux, pour l'époque ; j'avoue que je suis allé au bout sans bouder mon plaisir. Donc, sans rien dévoiler, ce type sans corps à la transparence parfaite, il avait deux options devant lui. Soit il pleurnichait sur son sort en ne servant à rien – un genre d'apprenti sorcier qui se retrouve enfermé dans son vide corporel, pourquoi pas –, soit il agissait contre le monde en justicier, ce qui était quand même beaucoup plus intéressant. Car en ne révélant ni sa présence ni son secret, sa lumière transparente œuvrait, d'une certaine manière, à faire ressortir la vérité sur tous ces lâches autour de lui – on sera pour ou contre l'Homme invisible, il n'en demeure pas moins qu'il pouvait accomplir de grandes choses.

Après le divertissement, j'ai erré sur un bouquet de chaînes câblées dont j'avais dézoné l'accès. Et, comme souvent devant l'écran bleu de mon ordinateur, j'ai fini par retomber dans mes pensées. Le fantôme des *shifts*. L'obsession démoniaque de l'application qui bipe. Tout ça pour atterrir chez ces livrés incapables du respect le plus élémentaire, rongés par le temps. J'ai d'abord pensé à ce type en *conf call* sur iPhone, claquant des doigts comme un maître-chien jusqu'à ce que je dépose ses sushis à l'E. coli sur le paillasson. Puis, en domino, des archétypes ont émergé de ma galerie. Ainsi aux mocassins à glands ont succédé les rats de colocation, les polos roses, les rastas hilares, les chemises satinées, les mères de famille débordées, les ouvriers biturés et autres altesses insatiables que j'avais servies, pour trois roupies et cinq étoiles.

Et si, à l'époque, j'avais enfilé une cape transparente devant eux, si grotesques, qui n'avaient jamais daigné m'accorder la moindre considération ? *Sit down, you fools*, n'en aurais-je pas profité pour leur jouer un petit tour ? Et si le concept d'invisibilité était mon bouclier pour me placer en observateur, au-dessus de la mêlée ? Et si mes réminiscences étaient une source d'inspiration pour une intrusion indolore lors de mes missions ? Vu que je devais à chaque fois me décomposer pour jouer la partition du client mystère, il fallait peut-être que je m'accroche à l'idée de n'être qu'un révélateur : dans les films diffusés sur Horror Channel Two Classics, un esprit profond avance toujours masqué.

Attention, toute ressemblance avec ce chimiste sans organes serait purement fortuite. Étais-je une créature ? Défiais-je les principes de la science pour la gloire éternelle ? M'affranchissais-je de mon propre corps ? Pas à ma connaissance. J'étais un simple juge, honnête et droit. Et si ma pitié envers les autres m'empêchait de travailler, alors autant me souder une armure épaisse derrière laquelle disparaître un instant. À un moment, faut avancer. Quitte à faire le vide et rester moi-même, indétectable, dans les habits d'un personnage rencontré dans une vie antérieure. Les chiens de la casse que j'avais servis, ils me montraient le chemin à suivre au cas par cas. Pas besoin d'avoir la foi : bon gré mal gré, en me focalisant sur l'attitude qu'aurait eue le mocassin à glands en franchise Rebuffat, par exemple, je n'aurais pas à me soucier de mes propres sentiments. Ce serait comme un jeu de cache-cache éphémère. Ça, ça me plaisait bien. D'autant que le *mystery shopping* était un mal nécessaire : déjà, sans la peur du châtiment, on se demanderait bien pourquoi respecter les protocoles établis, et ensuite on ne devient pas chirurgien si on ne dépasse pas sa peur viscérale de l'hémoglobine.

Alors je m'y suis tenu. Réseau de transports en commun, je montais dans les bus ciblés, demandais un ticket à bord. Et j'attendais. Feed-back client, *customer intelligence*, le chauffeur du bus s'était-il arrêté à ma hauteur ? Acceptait-il de rendre la monnaie sur ma pièce de deux euros ? Concept store de produits de maison à bas prix, la nouvelle collection de dessous-de-plat avait-elle été mise en avant ? Souverain monde du guichet, était-il possible d'obtenir un créneau de rendez-vous d'urgence le lendemain, avant onze heures ? Je ne crevais sans doute pas l'écran mais replaçais toutefois une mèche, haussais le ton et obligeais le fonctionnaire à sortir de son indolente taupinière. Magasin de jouets pour l'anniversaire de mon neveu imaginaire, la longueur du ruban de l'emballage cadeau était-elle suffisamment longue ? Le pliage du paquet, assez net ? La marque, apparente ? Puis, en sortant, j'expédiais au siège la draisienne préaffranchie encore emballée. Le relais colis fermait à dix-neuf heures. Mode masqué téléphonique, je ne comprenais pas pourquoi ce n'était pas possible de déposer mon carton après. Parfumerie – testeurs en bon état, posture conseillère, chignon, maquillage, manucure, nœud de chemisier conformes –, je plantais le nez dans six mouillettes de test senteurs et exigeais un prix d'ami sur les sprays non soldés. Bref je devais souvent être irritant, un peu sioux sur les bords, aurait dit l'oncle Jiji – en fait carrément à côté de la plaque.

J'ai des dizaines d'exemples vécus. Jusqu'à ce beau matin où, miracle, d'une parapharmacie, armé d'une série de renseignements généraux – trente-cinq euros en à peine dix minutes –, je suis sorti guéri. Vacciné. Ou, disons, beaucoup moins préoccupé par ces questions métaphysiques. Avez-vous ce shampooing-là, mais en soixante pour cent d'extraits d'aloe vera ? La question était de savoir s'il stabilisait le pH naturel du cuir chevelu. Était-il bien proposé au même prix ?

Je me souviens, c'étaient les trois phrases types que j'avais eues à mémoriser. La réponse du pharmacien importait peu, il n'y avait pas d'obligation d'achat, il suffisait de murmurer une vague approbation et de quadriller le réseau de parapharmacies implanté sur Lille : comme ça, frappé par la grâce du caducée, je me suis fait cinq fois trente-cinq euros en une matinée. Avec cette récompense arrachée à la grande industrie, autant dire que la bascule était enclenchée.

Le lendemain chez le concessionnaire Citroën, jeune daron, je me renseignais sur les modèles de break familial pour ma petite famille imaginaire et devais insister jusqu'à ce que l'on me propose de tester la voiture, tout sourire, patte blanche. Mais faites donc un petit tour, allez-y, je vous en prie, ânonnait le franchisé, tenez voici les clés du bolide familial, le rond-point à côté, le tour du pâté mais oui, bien entendu, en toute confiance. J'allais réfléchir, et surtout en glisser d'abord un mot à *bobonne*, s'il voyait ce que je voulais dire, j'avais conclu, appuyé d'un clin d'œil *casual*, alors que je n'ai pas le permis.

J'avais fini par comprendre. Pigé qu'il fallait toujours se réfugier dans un de mes souvenirs de *shifteux* pour optimiser la qualité de mes prestations. L'Homme invisible, c'était comme se mettre à l'abri des caméras de surveillance. De retour de mission, je remplissais les questionnaires binaires en un rien de temps, oui ou non, présent, absent, conforme, non conforme, je cochais les petits carrés de niveaux graduels de satisfaction des partenaires : bon an, mal an, j'y prenais goût. Moi qui adorais donner mon avis, j'avais enfin trouvé une activité à ma mesure.

Puis, dans ces eaux-là, un coursier à vélo était juste passé récupérer une livraison nocturne au kebab d'en bas de chez moi, rue des Sarrazins, alors que j'y attendais ma commande assis sagement devant l'écran plasma. Improbable, je me souviens que le Bayern Munich venait de se qualifier au goal-average face au PSG et que des experts débattaient en plateau, costards cintrés, agités, de la déroute footballistique de la soirée. Je revois même la ritournelle des gouttes de pluie qui s'intensifiait et s'encastrait en oblique contre la vitre. Donc il s'agissait de keftas et naans, de grandes frites, d'oignon rings, d'un bucket de pilons de poulet frits et de Coca un litre cinq – un bon gros sac isotherme lesté sur le dos. Alors je me suis levé et j'ai spontanément adressé un salut confraternel au coursier lorsqu'il a enfourné ce monticule de *junk* enveloppé d'aluminium dans sa besace : deux doigts de capitaine collés sur la tempe, un mouvement de lever de képi furtif et distingué pour lui signifier *hey check*, empathie mec, je sais ce que c'est, bon courage, bon vent, un peu tout ça à la fois, le genre de gris-gris complice qu'on se faisait hier encore avec les autres de la Flotte quand nous nous croisions à contresens en moulinant à fond dans les ruelles du Vieux-Lille. Le petit signe qui signifiait tout juste qu'on n'était pas des robots ni des sauvages. Voilà, mais le mec m'a regardé, étonné, et m'a insulté. Je voulais sa photo ou quoi ? Je pouvais bien aller me faire foutre. Je n'allais pas m'offusquer pour ça – on est parfois à cran dans ces situations.

Sur le coup, je ne l'ai pas pris personnellement : inutile, on ne tire pas sur l'ambulance. Et ne dit-on pas qu'il vaut mieux faire envie que pitié ? D'ailleurs, à propos de miséricorde, je crois que si je me souviens de ce moment précis avec autant de netteté, c'est parce que c'est là, au kebab de la rue des Sarrazins, que j'ai saisi qu'en plus du quiproquo généré, j'étais en train de terminer ma mue. Moi, avachi sur ma chaise, au chaud, engouffrant mon sandwich fumant. Lui, en danseuse, payé à la tâche, tout le temps sur le qui-vive. Lui qui suait dans la nuit, harponné par un algorithme afin de servir ces petits-bourgeois appliqués à se cuiter autour d'une table basse pour oublier la défaite de leur club préféré. Pour rien au monde, me suis-je répété, pour rien au monde je ne retournerais sur ce foutu vélo. J'ai repensé au concept de l'Homme invisible et à mon oncle Jiji qui, dans de rares situations de doute, savait tirer les idées au clair. En gros, pour lui, ce n'était pas compliqué à décortiquer, la société. Puisque chacun voulait sauver sa peau, il fallait bouffer ou se faire bouffer. La nuance, je me suis dit comme il aurait pu le formuler après avoir tiré une énorme taffe de brun-maïs, la nuance, mon garçon, c'est l'apanage des commentateurs d'après-match à la télévision. Un truc de fragiles.

À compter de ce jour, chaque matin, la tête dans l'application en descendant ma cafetière italienne gargouillante, ce que je me disais, c'était que ce n'était pas compliqué, qu'il ne fallait pas aller chercher plus loin. L'oncle Jiji avait raison. Pourquoi est-ce que je me prenais la tête ? C'était légal. On me demandait juste de faire le boulot – point. Pas d'aller décrocher la lune : les gens n'avaient qu'à faire ce qu'on leur demande.

VIII

Pour les soldes d'hiver, Walk&Rate m'avait envoyé sur une première mission *quality monitoring* dans une enseigne encore présente dans les galeries marchandes du centre-ville – la débroussailleuse thermique quatre en un était-elle bien disponible à moins trente pour cent et, le cas échéant, en stock à écouler en priorité ? – et, à compter de ce jour-là, aussitôt venue une démarque, un super week-end discount ou l'opération prix doux prix ronds, j'ai été mandaté en mode outillage automatique. Je me suis, sans trop savoir comment, retrouvé spécialiste bricolage, docteur ès maisons, maître électroménager. Car changer nous fait avancer, m'encourageait l'application. Et en l'occurrence s'enfoncer jusqu'en périphérie : c'est-à-dire à chaque fois prendre le métro jusqu'au terminus, prolonger en bus, terminer à pied au beau milieu de parkings peuplés d'îlots d'arbres fruitiers et de ronds-points décorés d'amphores pour enfin atteindre les trois mille mètres carrés de bricolage.

De mémoire, je suis d'une humeur massacrante ce jour-là. J'ai mal dormi et cela m'a tant irrité que j'ai encore bu trop de café pour compenser le sommeil. Trop serrée, trop robuste, trop palpitante, la cafetière de l'aube. Et si j'ai bien sûr récupéré l'usage de mon bras, mon épaule est une brindille qui craque au moindre prétexte. Alors je me plains sans cesse, malgré moi : en plus j'ai loupé la correspondance du bus de jonction et dû attendre près de trois quarts d'heure le suivant, debout sur le trottoir de gravier, absorbé sur Walk&Rate. Ma moustache naissante frémit face au vent. En m'approchant de la zone industrielle, je calcule le temps fou que j'ai mis pour traîner mes godillots jusqu'ici, au fin fond du centre commercial. Une heure et demie, au bas mot. Je perds mon temps. Je me dis que je ne suis pas rentable, niveau forfait horaire, quand surgit la façade de Brico-Dingo, garnie d'affichages quatre par trois fluo vantant des prix extraordinaires et les derniers arrivages exceptionnels. La mission va bien devoir débuter ; je remise la contrariété au placard, elle attendra. Je me concentre. *Focus*.

Fin de matinée, affluence faible, ambiance sonore de radio FM, je me remémore la grille du questionnaire et commence par vérifier la présence du videur dans le sas d'entrée (il me sourit et dit bonjour) et celle du papier peint à moins soixante-dix pour cent près des caisses. Je me saisis ensuite d'une panière et amorce la déambulation dans les allées : on ne se bouscule pas au portillon en dépit des soldes. Je constate que l'affichage Brico-Dingo est à jour : aucune affiche parasite, vestige des dernières opérations commerciales. C'est un bon point de satisfaction. La démarque des tables est bien soldée à quatre-vingts pour cent. Nickel, d'autant que l'éclairage du magasin me paraît tout à fait adapté. La circulation me semble facile, aussi – trop facile, tant c'est désert et monotone. Après une chanson pop nasillarde résonne sous la nef un message Brico-Dingo – allô patron ? Oui je suis chez Brico-Dingo... alors cette peinture ?... Oui patron ça y est j'ai tout sous les yeux alors les cinq litres de satiné sont offerts sur un achat d'un lot de gants de peintre et d'un enduit de rebouchage à moitié prix... Olala... Olala... Je sais on est mal patron, on est mal ! Je me sens fébrile, et tout à coup, pointe d'agacement, songe même à partir. Mais j'arrive secteur cuisine et, devant les hottes à visière, me décide de poursuivre. Les affichettes-produit sont à date et présentent clairement les avantages de la carte de fidélité. Puis vient – enfin – la première déconvenue : je réalise que les promos sont écrites à la main. Coup de fouet sur mon atonie. Alors, comme ça on n'a pas le temps de faire des étiquettes ? Je tape « insatisfaisant » dans mon application bloc-notes et comme prévu par l'ordre de mission, finis par me planter au fond du tapis vert gazon. J'ai l'air innocent devant un récupérateur d'eau mille six cents litres. Mais j'ouvre l'application chronomètre.

Un conseiller de vente, non loin, lève une main en ma direction – contact visuel détecté – pour me dire qu'il en a fini avec le client précédent. Moins de trois minutes plus tard, le voici qui m'aborde spontanément avec une phrase de personnalisation. Doudoune sans manches propre, accueillant, bonjour alors dites-moi M'sieur, comment puis-je vous être utile ? Et je dois enfiler ma cape d'invisibilité. Précision utile : il s'agit aujourd'hui d'une mission *pricing* sur les stocks anciens. (Si vous trouviez moins cher ailleurs, Brico-Dingo remboursait jusqu'à deux fois la différence ; c'était *ça*, l'engagement

Brico-Dingo.) Moi, facture d'un sol PVC concurrent à la clé, je devais simplement vérifier pouvoir compter sur eux.

Mode sioux. Oui bonjour, oui voilà – je me frotte la moustache, comme si ça allait accélérer sa pousse et me rendre plus crédible – je désirerais du sol PVC (dans un premier temps, je devais uniquement dire cela au vendeur). Oui tout à fait, suivez-moi – en réponse le mec se déplace avec moi pour me montrer les produits. On se retrouve plantés devant le mur de PVC. Bon, *voilivoilou*, amorce-t-il : dans quelle pièce souhaitez-vous le mettre, ce sol ? Plutôt sec ou dans un environnement humide ? Genre cave ? Salle de bains ? Non non, du tout, je rétorque, ce serait pour mon bureau. Je suis en télétravail, enfin hybride. Il me dit okay bon, *voilivoilou*, voyons voir. Vous êtes plutôt quel type de pose ? Déjà, on part sur du à coller ou à clipser ? Tout se déroule comme prévu, j'ai révisé le scénario la veille au soir : clipser, oui. D'accord d'accord. Une couleur peut-être, en particulier ? On part sur imitation parquet ? Lino ? Oh, je l'interromps, on va dire gris, gris clair ? Il regarde sur sa tablette de fonction, caresse l'écran au stylet, marmonne PVC lino, ah ! *Voilivoilou.* Nous y étions. Votre budget, M'sieur ? poursuit-il, sachant qu'on est sur vingt euros le mètre carré sur ce type de matière. Le type est hyper pro. Moi, vu la cadence, je sens que je vais sortir les rames. Il faut pourtant que j'émette une objection. Je commence à sécher. Bonne question, le budget, je dis. Je dois voir avec ma femme. Mais ça ne devrait pas poser problème. Très bien Monsieur. On va voir ça ensemble – il est grand comment, votre bureau ? D'ailleurs vous êtes en maison ou en appartement ? Car voyez-vous s'il s'agit d'un appartement, faut pas oublier les normes de copropriété. Et dans ce cas-là, m'annonce le mec, il faut prévoir une sous-couche M'sieur. Et l'ancien support ? s'obstine-t-il. Ah, oui, euh... carrelage. La taille des joints ? Et votre dalle, il me mitraille, elle est plane ? Sinon faut prévoir un ragréage hein, je vous le dis tout de suite et là c'est pas le même budget. Je m'emmêle les pinceaux et demande s'il est possible de se faire livrer. Livrer ? Le vendeur affiche une moue sceptique puis reprend, calme, pondéré. D'abord quelles sont les dimensions au sol de votre pièce ? J'ai soudain un trou de mémoire. Vous n'avez pas même une petite idée de la surface de pose à couvrir ? Dans les quinze ? Vingt ? Ving-cinq ? Vingt-sept mètres carrés ? Je garde le silence. Après ça fait très grand, pour un bureau. Sauf bien sûr si M'sieur veut s'étaler tranquille : vous n'êtes pas peintre par hasard ? Il m'envoie un sourire complice mais je reste figé. Éraflé, je n'arrive pas à embrayer. Un grain de sable s'est glissé dans l'engrenage. Vous comprenez bien que je ne peux pas savoir à votre place, M'sieur. Une photo, peut-être ? Quel est votre niveau de bricolage ? Je suis novice, je rattrape – c'est au reste la réponse type attendue. Mais il met du citron sur la plaie. Souhaitez-vous une solution de pose personnalisée pour le PVC ? Un tuto en ligne, peut-être ? Le vendeur ne cherche pas à écourter la conversation avec moi. Bien au contraire, il s'acharne à la cale à frapper. Si je vous ai bien compris, on va partir sur un sol matière bois, disons gris. Je vous prépare un devis pour vingt mètres carrés ? Et on ajustera sur l'assurance complémentaire, *voilivoilou* ?

Je me sens soudain mis à nu. Risible, dans mon costume de pacotille. Je suis démasqué, c'est sûr, j'ai confondu le scénario avec une autre mission de livraison d'alarme à domicile. Son châtiment reprend. Vous avez des cales de dilatation, rassurez-moi ? Terme inconnu au bataillon. Une barre de seuil ? Et les plinthes ? Et pour prendre les mesures de la découpe des tuyaux, du pas de la porte, tout ça ? J'ai l'air confus. Je ne comprends plus rien. Je me suis reposé sur mes lauriers. Monsieur ? M'sieur ? Vous êtes là ? Le vendeur fronce les sourcils, regarde sa tablette. À ce train il appellera des renforts à doudoune dans la minute. Je saisis que ces derniers mois j'ai eu la chance du débutant, mais qu'en continuant à survoler les tâches je suis en train de me griller, c'est obligé, d'autant que Voilivoilou me demande encore si je me lance tout seul dans ces travaux. Je n'écoute plus sa trame depuis longtemps. J'entends juste ces mots sibyllins s'écraser dans mon oreille : sous-couche, trois millimètres, lames à température ambiante, quarante-huit heures, mise en œuvre… – c'est un grand tortillage phonique. La liste s'allonge. Copieur de profil, scie circulaire, à métaux, chaque terme agit en balayette qui manque me faire tomber de mon piédestal fragile.

Mais que voulez-vous, au juste ? finit-il, soupçonneux. Pris au dépourvu, à court de relance, je lui bafouille que je vais réfléchir, en fait. La phrase attendue me revient mais il est trop tard. J'ai loupé le coche. Je ne suis pas en mesure de pousser l'entretien plus loin, tourne vite les talons alors qu'une nouvelle annonce retentit – allô patron ? Le baril d'acrylique dix litres est au prix choc de dix-neuf euros cinquante. Je presse le pas dans les rayons, manque de m'emboîter dans une palette de truelles. Adieu la demande d'alignement tarifaire de Brico-Dingo, la zone de retrait marchandises, ma garantie SAV fictive et le versement promis par Walk&Rate ; c'est d'une peine correctionnelle que je viens d'écoper.

Je sais que la rentabilité est importante pour la marge de votre rayon, je me répète une fois dehors, mais l'enseigne d'à côté en propose à un prix plus attractif. Vous pouvez faire un geste ? C'est ça que j'aurais dû dire. Rentabilité importante, prix attractif. Deux pauvres phrasettes. J'attends le bus de jonction, un goût d'inachevé en travers de la gorge. Comment ai-je pu perdre les pédales à ce point ? Je m'en veux. Puis je dépressurise lentement dans le métro qui bombe vers la métropole. À un moment je décide, d'un coup de nerfs, de sortir à la station Lille-Europe et, dans le hall, éteins mon téléphone. Le fait de le savoir hors jeu me procure illico un bien fou. Voilà que je me pique à rôder sans but dans la ville. Je me mets en route sous la grande tour de bureaux qu'on appelle la « chaussure de ski », avale vite le gris zinc d'Euralille et son trapèze en forme de casquette géante. Je n'étais pas venu dans le coin depuis si longtemps, sans doute ma dernière visite remontait-elle à un *shift* – énième livraison d'un poke bowl pour l'un de ces cravateux séquestrés par la haute turbine tertiaire. Ça fait un bail que je n'ai pas pris du temps gratuit pour moi et j'éprouve un réel plaisir à me frayer un passage à travers les passants pourtant nombreux. J'ai l'impression de pouvoir respirer, enfin, de sortir la tête de l'eau, de n'avoir soudain plus de comptes à rendre. Je raccourcis même la foulée, lève le regard aux rondelettes fenêtres arquées, aux grandes potières de géraniums, aux belles façades sculptées, m'autorise la flânerie d'un détour absurde par une travée jamais empruntée. Avec son teint de briques, Lille est parfois coquette, étouffée sous son grand couvercle d'inox.

Je finis de décanter ma colère vers le beffroi, où je suis attiré par de curieux hululements tribaux. C'est un groupe de skateurs qui se jettent à tour de rôle au-dessus d'un vertigineux set de marches crénelées. Je m'assois sur un banc tout proche de la tour-horloge. Elle brille, cette canine en or hérissée au sommet des nuages qui se dissipent peu à peu. Je ferme les yeux un instant, me laisse bercer par la musique produite par ces planches qui foncent sur la grande dalle – le chant des gommes uréthane, le raclement du bois martelant le béton, les essieux ferraillant les rampes de descente, la mitraille de ces petites roues érigeant les irrégularités du macadam en partition. J'inspire profondément, rouvre l'œil, m'immerge maintenant dans leur violente quête du mouvement parfait. Le spectacle est aussi fascinant qu'instructif. Ils chutent, hurlent de rage, ratent d'un centimètre, d'une semelle, d'un caillou intempestif, ratent encore, parfois se claquent violemment le coude au sol, frôlent de peu la luxation, l'incisive cassée, le tassage de vertèbres, mais les voilà qui bénéficient de l'émulation collective et remontent aussi sec sur la planche. J'ai moi-même fait du skate, un temps, avant de me casser le coude et de troquer la planche pour le vélo. Et je m'en souviens très bien, d'ailleurs, de cette première *board* : huit pouces, sept plis d'érable lamellés-collés pressés, double concave, avec dessous un inoubliable graphisme doré en lettres améthyste. C'était maman qui me l'avait offerte pour mes douze ans, avec le conseil et la cotisation de Jiji – le skate, selon lui, c'était bien pour tuer l'ennui des mercredis, c'est-à-dire dans le jargon familial alléger la facture de l'aide aux loisirs et pourquoi pas me faire des amis débrouillards. Pour le coup, il avait eu raison, le schnock. En quelques semaines, j'appartenais à ce ballet collégien arpentant des kilomètres de bitume roubaisien. Et au final, avant le vélodrome et les *shifts*, ce petit bout de bois canadien, ç'a été le premier outil d'évasion dans ma suffocante triangulation adolescente – garage de l'oncle, bahut au rabais, graillon de l'appartement. Les friches, les fontaines vides, les hangars, les zones de travaux, les stations-service, tout lieu cachait des spots potentiels et Roubaix est devenu un terrain de jeu à ciel ouvert qu'avec ces quelques camarades – dont Zied, d'ailleurs – nous découvrions excités, soudés en bloc, avec un appétit inouï d'architectures satisfaisantes-conformes. Je me souviens que nous évitions avec application les skateparks merdiques du coin et leurs modules branlants. Il y avait bien mieux, comme ces deux fois trois marches marbrées devant la CAF, cette pyramide de briques devant l'usine *outlet* pour Lillois, les bancs de la mairie et les dos-d'âne de la mosquée, bref tout était un prétexte à glisser, enjamber, ferrailler : le skateboard n'était pas un sport, pour nous. Juste une aventure, un petit jeu de détournement des usages prévus par les urbanistes. Ce fut une passion courte mais intense. À y repenser, je ne partais jamais sans une bougie paraffine, une petite fiole d'huile à graisser les roulements à billes, un tournevis cruciforme et un kit de clés Allen plates. Je rentrais le soir épuisé, la peau en croûte de sel, le talon usé, le jean taille basse poussiéreux, la hanche écorchée, les genoux vidangés. Heureux, quoi.

Le plus grand de la bande est vêtu d'un tee-shirt *Crash&Learn.* Il s'agite devant moi et fait le pou vexé à chaque loupé de flip. Visage fermé, bardé de sponsors, on dirait qu'il a hypothéqué sa mère contre cette figure, ou genre qu'il prépare les mondiaux. C'est du sérieux, là. Je le vois s'acharner, maudire sa planche, japper encore mais amnésique à l'échec, imperméable à la douleur, il s'élance à nouveau, tête baissée, pied au grip abrasif, prêt à en découdre avec le grand vide. Ses potes et lui sont obstinés, têtus et opiniâtres. Je suis admiratif de leur acharnement crâne : ils font preuve de tout ce dont j'ai manqué à Brico-Dingo. Oui, peut-être avais-je une certaine aptitude pour me fondre dans la mêlée, sans doute une bonne mémoire et une capacité à observer les sujets. Oui, d'accord, je savais faire preuve d'efficacité, de temps à autre, mais c'était insuffisant si l'on voulait jouer à un niveau pro comme l'Homme invisible. Alors, quand Crash&Learn a fini par réussir son atterrissage derrière une poubelle métallique – fluide, nonchalant, gracieux, un instant sacré suivi d'une liturgie de célébrations –, je me suis fait la promesse de mieux travailler mes leçons. Si t'es pas à bout, je me suis dit, c'est que t'as pas tout donné. Il faudrait sans doute rater encore pour entrevoir la victoire et croquer l'or olympique. Crash&Learn, Walk&Rate, même école, même combat. Dorénavant, me suis-je dit, j'adapterais ma tenue selon la nature des missions. L'habit faisant le moine, les friperies de Wazemmes seraient mon nouvel associé d'invisibilité. Je me suis juré d'aller taper plus souvent dans ces piles de sapes moisies et de mieux me planquer sous ces trésors de peaux mortes ressuscitées. Aussi, j'ai pensé à la nécessité de muscler ce maigre duvet de poils. Dorénavant, personne ne me verrait venir et, mieux encore, dorénavant, derrière ma future barbe épaisse, personne ne me verrait même partir.

IX

Hasard ou coïncidence ? Dans la foulée de ma déroute au temple des matériaux plastiques, l'algorithme ne m'a plus proposé assez de missions rémunératrices sur la métropole lilloise. Si je voulais continuer de faire affaire, si je voulais encore être envoyé sur le terrain, il fallait désormais accepter d'aller encore plus loin. Mais, passé les champs et bien sûr Paris, ou même déjà Amiens, sans le permis, c'est peine perdue. Sans compter les frais de route pour Pétaouchnok. Pire, c'étaient maintenant des chèques-cadeaux dématérialisés qui m'étaient promis en guise de récompense – pourquoi pas pédaler à nouveau pour une carotte ou la promesse de fonds transférés depuis Western Union ? Bref, avec cet arrière-goût de déjà-vu *shifteux*, les noces avec Walk&Rate avaient fait leur temps. Ça fait partie du jeu, relativiserait le tire-au-flanc standard en quête de bons d'achat. Mais trop peu pour moi. Je n'avais pas quitté la Flotte pour que l'histoire se répète. Frustré, j'ai tout de suite riposté : ni une ni deux, je me suis dédoublé sur deux téléphones dédiés à la cause et me suis inscrit sur toutes les applications analogues disponibles sur le marché – Ground&Solutions, Shopmetrics,

LST, Cashilli, Vitalice, j'en passe. En mode multiplication des potentiels.

Et ça a fonctionné : si je n'ai guère mieux fermé l'œil, j'ai bénéficié d'une explosion des offres et d'un niveau de rémunération à nouveau attrayant. Coiffeurs, barbiers, cafétérias, centres de soins, bijouteries, stations-service, boutiques d'aéroport, Lille s'est convertie en un plateau de jeu immense. Au gré des dés et du tranchant du rasoir, j'étais tantôt ce jeune célibataire fortuné en quête de grosse berline, tantôt cet amant aventureux cherchant un porte-jarretelles pour son cinq-à-sept. De l'hygiène à l'accueil, de la réalisation de prestation jusqu'à l'ambiance, les points de vente, du bas de chez moi jusqu'au fond de Tourcoing, se sont transformés en cases de Monopoly. Et l'Homme invisible s'est vite mué en homme caméléon. Si je m'étais promis d'adapter mes mimiques aux besoins techniques de la mise en scène, d'innover à partir d'un scénario établi par les applications, j'avoue que je n'avais pas prévu d'éprouver autant de plaisir à me camoufler dans le magma organique de la ville.

Ma garde-robe de rendez-vous s'est vite garnie. Fausse alliance, costard gris, chemise texane à carreaux, sweat floqué *Sporting Charleroi*, sarouel psychédélique, lunettes sans correction : que je me délectais de chausser en entrant chez l'opticien-lunetier – l'objectif y était le plus délicat : armé d'une fausse myopie, reporter le prix des montures sur le prix des verres et faire supporter le maximum par les mutuelles (quitte, parfois, à falsifier les factures). Je me sentais vibrer aussi fort qu'à l'époque du skate en me glissant dans ces panoplies griffées Fripessous. Dans mes veines coulait l'adrénaline.

J'adorais brouiller les pistes, déborder du cadre, mettre de fausses preuves en évidence. Par exemple l'existence de mes enfants : deux photomatons de marmots anonymes brocantés au marché de Wazemmes que je faisais donc méthodiquement tomber de ma veste une fois en caisse, au moment de sortir le portefeuille, de payer et bien sûr d'attendre l'invitation à la carte de fidélité. Je les ramassais ensuite, ces délicieux chérubins postiches, comme ça, pour le plaisir, me trafiquant un air fier – j'affûtais mon style, dans ces infimes détails se jouait toute la différence.

À compter de cet accroissement d'offres, chaque jour était un autre jour et j'ai commencé à voir le monde extérieur à travers le prisme d'une aventure en réalité augmentée. À chaque coin de rue, à chaque carrefour pouvait surgir de l'argent à rifler. Grammairien « BRASMA » (B. comme bonjour, R. comme regard, A. comme action, S. comme sourire, M. comme merci, A. comme au revoir), je pulsais à l'amour du risque et peux me targuer d'avoir tourné à trois cents euros par jour sur les grands crus – les missions opticien étant de loin les mieux payées et les plus techniques. Je me revois ultra concentré. Un jeune attaquant prometteur issu du centre de formation qui vise la montée en première ligue. Je me levais, lançais le train caféier et tout de suite ne pensais plus qu'à ça, inventer d'éphémères vies chimériques, traquer les tâches, amasser le plus de fric possible – élixirs maniaques sans brides, moi qui n'avais déjà plus d'interactions sociales en dehors des mandats de travail.

J'étais tout à la fois tout le monde et plus personne. À pied ou en transports en commun, vêtu BCBG, costard de mariage ou bleu de travail, smartphone dans chaque poche, je chassais à travers ce territoire de spots mouvants où à chaque instant la magie de Ground&Solutions, de Shopmetrics, de Cashilli et consorts pouvait opérer. Mode paria au cœur de l'industrie horlogère : bombardement de questions au conseiller en poignets suisses. Soudain les montres squelettes m'émouvaient par leur alliance d'audace et de technique, et ce mouvement perpétuel, alors, réduit à sa plus simple expression, me rendait philosophe. Qu'en pensez-vous, *vous*, du calibre à haute fréquence de trente-six mille oscillations par minute ? Quartz, à remontage manuel ou automatique ? Mon quotidien s'architecturait ainsi, sans temps mort à tuer, sans once de monotonie incitant à *swiper*. Ruse et stratagème, enquêtes et rôles, gains et profits, case chance, banque, j'avançais mes jetons sur l'échiquier de l'archevêché lillois dans le but de ruiner mes éventuels adversaires. Objectif : décourager la concurrence à tout prix. Cramer les statistiques, plier le jeu, garnir le compte, mettre du respect sur mon nom. Ravalée, Lille se métamorphosait en un grand fief que je patrouillais jusqu'à dix heures par jour pour en sécuriser le périmètre et assurer aux suzerains la pleine satisfaction conforme de leurs serfs. Discrétion, abnégation, ubiquité, j'y ai vite pris goût à ce boulot mi-détective privé, mi-justicier du client roi. Et puisque dans ce monde standardisé de flux constants, il était essentiel de veiller à ce que chaque geste de service soit créateur de liens et essentiel au bien-être de chacun, je me sentais enfin au cœur du dispositif de progrès.

On a beau dire, critiquer, ça paie, cette combine. Alors pas mirifique, certes, mais suffisamment pour vivoter. Et bien sûr sans compter ses heures quand, le soir venu, il s'agissait de détailler les quinze rapports du jour en gardant l'exigence de rétroaction fraîche intacte. Mais pour moi le résultat justifiait largement le sacrifice consenti : je n'avais pas de patron, j'étais flexible et je faisais rentrer des euros, à petites sommes, mais en permanence. Rien ne portait à conséquence, je ne faisais aucune concession, je ne voyais plus personne, me diluais partout, ne déclarais rien et thésaurisais tout. Franchement, quel non-diplômé célibataire pouvait rêver mieux ?

X

Ne dit-on pas que persévérance et travail finissent toujours par payer ? Un midi, je sortais d'une mission *team spirit* Burger King vêtu d'une veste zippée, quand j'avais reçu un mail d'une certaine Anne-Sophie Vitelotte, chasseuse de têtes *chief officer* chez PMGT. Objet : entretien téléphonique, pour discuter un peu, m'écrivait-elle, prendre le temps de faire plus ample connaissance. Étais-je disponible ce jour, à quatorze heures par exemple ? Nous en profiterions pour faire le point sur mes dernières semaines en tant que client mystère, avait-elle souligné, semaines durant lesquelles j'avais brillé sur le réseau (en déchiffrant sa signature automatique, j'ai compris que la myriade d'applications appartenait dans son intégralité à PMGT, maison mère universelle). Anne-Sophie Vitelotte m'avait demandé sur laquelle de mes deux lignes recensées elle pouvait me joindre de préférence et avait pris congé bien cordialement. Ce à quoi j'avais tout de suite répondu oui absolument, au plaisir, à votre disposition, à votre guise, bien à vous ou une autre formule de ce calibre. Ça mordait enfin. Honnêtement, j'étais soulagé car je m'étais vraiment donné les moyens de tourner cette page à hauteur de fourmi. Je m'étais donc empressé de rentrer chez moi pour charger les batteries de mes smartphones et m'installer au calme. J'avais attendu ce coup de fil comme le Messie. Quatorze heures pétantes, le téléphone numéro deux avait sonné et je me revois encore me masser la mâchoire avant de décrocher d'un oui allô de gorge sèche.

Si je me souviens de cette conversation avec autant de netteté, c'est bien sûr parce qu'elle s'est avérée déterminante pour la suite de mon parcours. Bien, avait posé d'emblée Anne-Sophie Vitelotte, dont j'entendais la voix suave pour la première fois. D'abord, elle souhaitait que je parle un peu de moi, que je me présente en mode pitch, rapide, dans les grandes lignes. J'ai commencé par parler du reportage, à la télévision, de ma plutôt grande flexibilité horaire et de l'étude comparative des offres client mystère que j'avais effectuée avant de me lancer. Puis elle m'a coupé – *très bien très bien* – c'était suffisant. Elle était – se devait-elle de me l'avouer – rassurée d'entendre que je m'exprimais en bon français car ces temps-ci on ne se rendait pas toujours bien compte à qui on avait affaire sur les applications et il y avait eu des découvertes, disons, assez surprenantes – je n'avais pas osé demander plus de précisions. Bon, pour ma gouverne, j'avais intégré le top enquêteurs sur la région Hauts-de-France. Inutile de me préciser qu'elle savait, d'expérience, que j'avais travaillé dur pour arriver à me maintenir en pôle position et elle tenait à m'adresser ses félicitations. Anne-Sophie Vitelotte avait la grille de mon dernier mois sous les yeux. Et donc ce qui ressortait de mon profil était un mélange d'obstination du travail bien fait et de la satisfaction client. Mon sens de l'organisation suintait : à l'évidence, je savais prioriser. Exécuter de nombreuses tâches éclectiques ne me faisait pas peur. Me faisaient-elles peur ? Piqué d'orgueil, j'avais répondu que non. Anne-Sophie Vitelotte me disait tout ça pour me dire que je transpirais l'ambition : c'était d'ailleurs pour cette raison qu'elle avait pensé à moi.

C'est avec ces mots que la responsable PMGT avait soigné son entrée en matière et, de façon immédiate, flatté, j'ai pressenti que j'allais monter en gamme dans la pyramide du *mystery shopping*. En gros, me déballait quelques minutes plus tard Anne-Sophie Vitelotte, cela ne m'avait sans doute pas échappé, nous vivions une situation économique inédite et dans ces circonstances exceptionnelles, le client souhaitait – à bon droit – mieux comprendre l'usage des offres actuelles. Pour ce faire, une société concessionnaire dont elle tairait le nom pour le moment avait mandaté PMGT – je me souviens de la formule – et cherchait des personnes fiables et disponibles sur-le-champ. Fiables et disponibles sur-le-champ. Mais elle tenait à m'expliquer en détail si je le voulais bien, si ça m'intéressait bien sûr – sauf si je préférais rester jongler sur Shopmetrics ? Et j'avais répondu quelque chose comme non mais oui, bien entendu, je suis intéressé, je vous écoute.

Il s'agissait d'une enquête sur les services en gare et à bord des trains. Pour l'instant, ce n'était pas plus compliqué. Je me positionnerais de façon à mesurer en situation réelle un suivi qualité des services proposés aux voyageurs à bord des lignes à grande vitesse ; il fallait que tout concorde à ce que les agents répondent aux attentes du public. Que le service soit le meilleur du marché, est-ce que je comprenais ? Elle parlait posture des agents. Qualité de prestation – au fait, la démarche PMGT était exclusivement une démarche d'étude, conforme au code de déontologie des sociétés d'études de marché et d'opinion. Jusqu'ici, c'était toujours clair pour moi ? Ce que je devais retenir, grosso modo, c'est que les agents d'escale, les contrôleurs, les baristas et les hôtesses de propreté devaient livrer une prestation irréprochable et assurer le meilleur fonctionnement de la ligne. La moindre erreur, le moindre manquement pouvaient très vite conduire au chaos. L'effet papillon, ça me disait quelque chose ? Un battement d'ailes et c'était l'ouragan. Bon, les dirigeants, contrairement à moi, méconnaissaient la réalité du terrain. Les clients, j'allais donc être leurs yeux, et eux, au siège, ils recueilleraient ma voix. J'évaluerais, ils rendraient compte et les conclusions seraient remontées dans un audit solutionné global *by* PMGT.

J'acquiesçais, doucereux, dès que j'avais un créneau. La base légale de ce traitement était l'intérêt légitime du client, convenait Anne-Sophie Vitelotte, et d'ailleurs, au jour d'aujourd'hui, jurait-elle, toutes les entreprises étaient tenues d'évaluer leurs propres activités d'après des normes de qualité, dont les enquêtes de satisfaction. Bref, elle n'allait pas me faire un dessin, les temps étaient durs. Le coût, la dette, les externalités, dans l'espace de la concurrence il y avait une tension irréductible entre les impératifs liés à la sécurité ferroviaire et la relation service.

Moi, j'écoutais, feignais de saisir ce charabia, trop heureux à l'idée de pouvoir prendre le large et enfin quitter mon trou

– cette infâme studette de Wazemmes insalubre, je ne la supportais plus depuis mon accident. Puis Anne-Sophie m'a donné les premiers éléments de mon identité de mission : pour PMGT, je serais l'incarnation du payeur plein pot. Fin de vingtaine, seconde classe horripilé par les carrés famille, je n'avais pas de carte de réduction. Anne-Sophie avait bien bossé le contexte : en attente de mon bilan annuel et d'une certification Grand Voyageur Le Club, je devais étancher une soif kilométrique de VRP. Vu comment je gavais les comptes du partenaire, j'étais, à ce prix-là, évidemment en droit de récolter du satisfaisant-conforme tout au long de mon trajet, du départ à l'arrivée – normal, quoi, logique. Bref c'était clair ? Des questions ? Je n'en avais pas tant c'était limpide : PMGT commandait un personnage à dominante de daron. C'était dans mes cordes. J'étais d'accord sur tout évidemment, et bien sûr fiable et disponible sur-le-champ.

Bien, quand souhaiteriez-vous commencer ? avait fini par accoucher mon interlocutrice. Je ne sais pas, m'étais-je hasardé, disons le plus rapidement possible ? Mais en fait, tout dépendait de moi, vu que j'étais mon propre patron. Allons, elle allait m'aider – voyons voir ce que je peux vous proposer, *tactactac*, on part sur lundi prochain ? Sans attaches, prêt à tout, c'était parfait. Allez banco, a lancé Anne-Sophie Vitelotte, gaillarde, qui m'enverrait les documents PMGT à remplir par mail dans la foulée. Maintenant, elle n'avait plus de temps et devait me laisser : elle avait d'autres entretiens à faire passer.

XI

La veille du départ, j'ai appelé ma mère en bouclant mon sac avec la vague sensation euphorique de partir en vacances. Il faut dire que cela faisait des années que j'étais resté vissé dans les parages avec Lille, Roubaix et Tourcoing en horizons statiques. D'ailleurs, aussi loin que je me souvienne, hormis le Nord, excepté un week-end à Paris avec maman et Jiji et un court séjour sur la côte méditerranéenne en colonie de vacances, la France me restait en fait inconnue. Alors avec ma mission itinérante dite « Scalp » de deux semaines entre des gares couvrant tout le territoire, une rémunération journalière fixe, un téléphone de fonction et la prise en charge de l'hébergement en demi-pension chez Ibis, groupe hôtelier partenaire de l'étude, c'était la bonne pioche – jamais je n'avais été si bien loti, m'avait félicité maman. Scalp serait du *all inclusive*. J'avais reçu les documents et le portable de liaison en colissimo express. Pour le reste, je n'en savais guère plus. Honnêtement, ça n'avait pas d'importance puisque l'essentiel, en fait, c'était que j'allais enfin en voir, du pays.

Le jour J au petit matin, mon train a quitté Lille-Flandres à pas de velours, longé des rambardes aux reflets titane, avalé une bretelle de jonction et des bifurcations de rocade ; après quoi il a piqué plein sud, en accélérant. Le trajet a été bref, trois portions boisées, une aire de repos jouxtant une station-service, un petit lac de retenue et la banlieue parisienne a jailli après un dernier champ sous bâche. Principe de précaution, discrétion oblige, j'ai reçu un SMS qui me détaillait, in situ, les contours de la mission. En gare de Paris-Nord, j'ai pris la direction de Montparnasse avec pour consigne de m'y signaler sur site par géolocalisation téléphonique. Armé d'un ticket de métro magnétisé, bip de validité, battant de securit, j'ai plongé dans la gueule du sous-terrain. Pour une première, ce fut une première. Dans les couloirs, une odeur de viennoiseries mâtinée d'un arrière-goût de pastille désinfectante puis un quai criblé de macules de chewing-gum. J'ai plissé les yeux dans la poussière tournoyante du convoi, supporté la lacération pneumatique, la senteur du roussi, scruté le rond des stations clignotant entre chaque arrêt jusqu'à Montparnasse-Bienvenüe, dédale en travaux que j'ai dû traverser d'un pas hésitant, slalomant entre les flots d'usagers avant d'enfin apercevoir l'écriteau « Grandes lignes » et d'accéder aux voies de départ.

La première journée Scalp s'est déroulée en plusieurs phases. D'abord, un mandat en gare, alors que le train pour Bordeaux était encore à quai, sommeillant, laissé pour propre par les équipes d'hôtesses de nettoyage : PMGT m'a communiqué la voie de départ en avant-première afin que je puisse venir évaluer en son sein, en loup solitaire, la qualité du convoi briqué par les sous-traitants avant son ouverture et l'activation des portiques automatiques d'accès. Je suis parti à la recherche de traces de soda, emballages de sandwich triangle, paquets de chips, gobelets ou journaux gratuits froissés oubliés dans les rames, traquer les miettes éventuelles laissées sur les sièges. Espace nurserie, vérification des équipements pour bébés, avaient-ils été récurés, étaient-ils soignés ? Oui, preuve photographique à l'appui, j'en informais PMGT en temps réel. Ce préambule m'a pris un petit quart d'heure et je me suis ensuite rendu à ma place en seconde classe pour y attendre le départ sans plus d'informations.

Nous avions quitté Paris quand, à la lecture d'un deuxième SMS de consignes, j'ai été sommé d'apprécier l'état de mon siège – l'inclinaison ajustable – et de juger de la qualité de la ventilation de la voiture, soit un dispositif de type VMC. À la longue, j'ai appris qu'à bord les surfaces de contact sont supposées être désinfectées plusieurs fois par jour et que la qualité de l'air dans les rames est assurée par des systèmes de ventilation qui renouvellent l'air toutes les neuf minutes. Neuf minutes, montre en main, pour apprécier le déclenchement d'extraction d'air côté fenêtre. Était-elle satisfaisante-conforme, la ventilation ? Ainsi que ma prise de recharge deux cent vingt volts et sa lumière d'appoint adjacente ? Oui, tout semblait coller à la perfection.

Au loin, des éoliennes balayaient la campagne labourée. Au premier plan, sur l'autoroute, des poids lourds processionnaient par centaines lorsqu'un SMS est à nouveau tombé pour me donner la suite du script. Je devais guetter les annonces de la part du personnel et vérifier leur contenu. J'ai écouté avec attention la prise de parole du chef de bord. Messieurs-dames bonjour, dit Éric. Notre conducteur, Otto, et lui-même nous souhaitaient la bienvenue à bord, les bagages devaient être étiquetés, téléphones en mode silencieux et j'ai noté le bon usage de la formule sécurité-gestes barrières avant son récapitulatif du parcours attendu. Satisfaisant-conforme, l'heure théorique d'arrivée a été annoncée, le service de taxi mis à disposition des clients de première classe comme le wi-fi gratuit et la collecte de déchets. Nettoyage continu et désinfection des surfaces, poignées de porte, rampes d'escaliers et tablettes rétractables, entendait Éric, qui en a profité pour souligner que si les hôtesses propreté étaient passées par ici, elles repasseraient par là pour notre confort à tous. C'était ça, la garantie d'un voyage nouvelle génération. Éric a ensuite souhaité un bon voyage à la cantonade en sa compagnie et, au nom de l'équipage Railteam, réaffirmait être heureux de nous accueillir sur cette ligne InOui Océane. Pour finir, les plateformes situées entre les voitures nous permettraient de passer nos appels en toute discrétion. Un sans-faute.

À Éric, les annonces commerciales ont succédé sans tarder. Miam miam, a dit Joël, le barista, quelque sept minutes plus tard dans les haut-parleurs. Pour agrémenter notre voyage, un repas à trois cents kilomètres heure, une vue à couper le souffle, les plats des plus grands chefs et une sélection végétarienne. Des étoiles plein les papilles, voilà, promettait Joël, ce qui nous attendait au bar du train. Au menu du jour, penne au potimarron, fricassée de champignons et asperges vertes, alors rendez-vous sans attendre voiture 14, située au milieu de la rame, et coupe-file prioritaire pour les commandes passées via l'application. Pour le moment, il n'y avait pas d'attente au comptoir – la présentation de Joël fut, elle aussi, satisfaisante-conforme. Vraiment, le travail était simple comme bonjour. Scalp était aussi ludique qu'un jeu de piste et, à mi-parcours, le portable ne vibrait même plus alors que le train aspirait la plaine.

Bordeaux-Saint-Jean pile à l'heure, voie 2, terminus, descente de tous les voyageurs. Éric nous a conseillé de prendre garde à l'espace entre le marchepied et le quai et d'attendre impérativement l'arrêt du train – il ne fallait pas descendre alors qu'il était encore en mouvement. Bilan, personne n'avait fraudé dans ma voiture, les hôtesses propreté et leur poubelle ambulante étaient bien repassées par là, une vente exceptionnelle à moins trente pour cent avait été proposée en voiture-bar sur le dernier tiers du parcours ; tout avait été en règle dans ce microcosme de la très grande vitesse.

XII

La mission Scalp m'a offert, chaque jour, un parcours différent avec *check-out* d'hôtel, destination dévoilée aussitôt sur le téléphone de fonction puis l'attente dans les halls de gare de la France entière. Belfort-Montbéliard, Lyon-Part-Dieu, Reims-Clairmarais, j'ai carrelé du réseau et, les premiers jours, hors missions, vécu un rêve éveillé. Surtout le soir venu, quand je cassais à coup sûr ma tirelire (et de bon cœur) dans les bouchons proches des Ibis. Ce qui me revient en tête, c'est cette escale à Toulouse-Matabiau et ma découverte émue du cassoulet de Castelnaudary. Copieux, croûteux et bouillant, moi qui ne connaissais que des versions insultantes de ce plat en conserve de supermarché, j'ai découvert là un nouveau monde envoûtant : baignées dans une poterie en terre cuite, mes papilles voyagèrent en compagnie de cuisses de canard confites, d'une incroyable butte de saucisses gastronomiques, d'un puits de jarrets sans fond et luisant de haricots lingots que je qualifierais d'aériens. Sans oublier ce pelliculage en pommade de lard aussi translucide que de l'eau-de-vie – tout ça à prix raisonnable, j'en aurais pleuré. Au personnel, très agréable, très attentif à mon bien-être, je n'aurais rien à redire à part merci. Les soirées passées à Chambéry-Challes-les-Eaux et Limoges-Bénédictins se déroulèrent dans le même état d'esprit : un triptyque d'exploration, de curiosité et de cholestérol. Puis, à compter de Grenoble-Europole, je me suis rendu compte que mes deniers fondaient comme neige au soleil et le soufflé de la nouveauté a commencé à retomber. Je n'allais pas perdre de l'argent en allant travailler. Mâcon-Loché, Bellegarde, rues étroites et humides à freiner des quatre fers, je n'ai même pas eu la force d'aller arpenter le quartier. À compter de ces escales, j'ai commencé à mener une étude comparative de ces vernaculaires döner kebabs d'environs de gare – broches jumelles sur tout le territoire –, et me suis lancé dans de déraisonnables combinaisons de menus, chaque jour un peu plus tôt, chaque soir un peu plus caloriques.

L'expérience retenue ? D'un point de vue touristique global, guère dépaysant, en fin de compte. La palme du pire revenant, ex æquo, à Forbach et Saint-Pierre-des-Corps : disette absolue pour cette dernière, crucifié dans une passoire brutaliste à courants d'air. J'avoue que ce soir-là, chambre 151, j'ai même fini par installer une application de repas chauds sur mon téléphone de fonction dans l'optique de me faire livrer une cochonnerie. Avant de me raviser au dernier moment : je m'étais promis de ne jamais sombrer à ce point. Mais je n'ai pas désinstallé le diable pour autant : je me revois encore allongé sur le lit d'hôtel, à observer ces rares petits points fébriles s'accrochant vers la ville de Tours tels des moucherons sur une ampoule allumée. J'ai fait ça une demi-heure, grand maximum, absorbé un peu comme on scrute des poissons multicolores nageant dans un aquarium. L'étude de ce monde du silence a été ce petit plaisir coupable hypnotisant qui m'a apaisé. Et coupé la faim. Ainsi, quand mes paupières ont commencé à ployer devant ces quelques bulles mouvantes de géolocalisation, j'ai décidé de jeûner. Puis j'ai désinstallé le sous-marin d'un coup de pouce, balayant avec lui toute trace de culpabilité.

Niveau pro, si j'appliquais la plupart du temps la grammaire BRASMA, je dirais que le contenu des tâches a été, lui, plutôt varié. Principalement, en suivi à bord, je me coltinais les hôtesses-étoiles de propreté, la vérification des titres de transport et des cartes de réduction (soit l'invitation à suivre la procédure de dématérialisation). Sur les lignes jugées plus touristiques, il y avait l'adaptabilité de l'équipage en langue étrangère à évaluer (*English* compatible) et, plus rarement, j'ai eu l'audit voiture-bar, ce qui m'a plu. Les présentations de la carte par le barista – café, chocolat, thé, boissons gazeuses, pain aux noix, poulet, burger fermier, quiche, croque-monsieur, pot sucré, moelleux – n'en finissaient jamais mais avaient le mérite de me faire saliver. J'ai moins aimé les missions chef de bord. L'appréciation des sujets passait par des questions types qu'il m'était souvent difficile de poser tant il fallait les prendre pour des pancartes. Est-ce bien le train pour Hendaye ? alors que nous filions vers Limoges. Sommes-nous bien lundi ? un jeudi. Ici c'est Paris ? en montrant à l'agent le TGV pour Toulouse. Je ne trouve pas ma place, elle a disparu. Où est la voiture 12 ?, etc.

En gare, moins de surprises, ça transpirait carrément l'ennui. Consoles de réalité virtuelle en libre accès, carrés coiffure express, dix euros la coupe en dix minutes, ces tristes parages sont tous semblables, des centres commerciaux agencés en antichambres imparables des voies de train – à part vérifier les conditions d'échange des billets, la possibilité d'assistance pour handicapés et s'enfiler une formule expresso-croissant à deux euros au Relay, il n'y a pas grand-chose à s'y mettre sous la dent. La seule chose que j'ai trouvée intéressante, c'est la voix féminine sans âge qui s'y déversait en récapitulatifs de numéros de quai à venir, estimation d'heures de départ, horaires théoriques d'arrivée ; présence complice dans cette mission terriblement solitaire. Partout, la même voix radiogénique, un rien douceâtre, claire et épurée, déclinable à l'ensemble de la matrice ferroviaire. Simplement cette voix, ce spectre sonore préfacé de quatre notes de synthétiseur : *dam*, *dam*, *da-dam*, l'Intercités numéro 3008, à destination de Carcassonne, va partir, attention à la fermeture automatique des portes, attention au départ. Une bulle auditive qui devient familière en fait, un fantôme viral, une présence se baladant de gare en gare, de sas en sas sur tout le territoire et mourant au creux de nos oreilles, à la lisière de nos consciences.

XIII

L'excellence Scalp se doit d'être davantage proactive, m'a titillé Anne-Sophie Vitelotte au téléphone, un soir, lors d'un débrief de mi-parcours à Calais-Fréthun alors que je m'apprêtais à avaler un énième döner kebab emmailloté dans l'odeur de tabac froid de ma très sommaire chambre de l'Ibis Car Ferry. Attention, jusqu'ici tout allait bien, j'avais bien suivi les consignes, j'avais bien travaillé, on sentait que je voulais bien faire, elle en était contente, il n'y avait pas de problème mais si elle se permettait de me dire ça, en fait, voilà, disons que c'est que je pouvais faire mieux. M'améliorer encore. Et pour ça elle avait la recette. Puis il y a eu un silence – tonalité crépitante du téléphone en suspens –, Anne-Sophie Vitelotte voulait me proposer quelque chose de nouveau. D'aller plus loin dans Scalp. N'était-il pas temps de franchir une étape de plus ? À y repenser, avec ces effets d'annonce, je la sentais évasive, hésitante, imprécise. Au contraire de notre première conversation, je crois qu'elle ne savait pas vraiment par quel angle attaquer. Et d'ailleurs rapidement Anne-Sophie a tenu à me raconter une petite blague plutôt que de me faire un long discours.

C'était l'histoire d'un homme qui voulait acheter des escargots pour dîner. *Tac tac tac*, il allait à la ferme et découvrait deux grandes bassines pleines d'escargots frais. L'une, avec un couvercle, l'autre, sans – est-ce que j'écoutais ? Il ne comprenait pas. Et donc il allait voir l'éleveur. Excusez-moi, j'ai une question, mais pourquoi le couvercle ? Eh bien parce que dans cette bassine Monsieur, répondait le type, vous avez de l'escargot anglais. Lui, il voulait à tout prix se faire la malle. Chez le gastéropode *british*, c'était inné : il allait forcément essayer d'escalader le rebord pour s'échapper. Ça les démangeait tous de fuir, les rosbifs, comme s'ils sentaient du bout de leurs antennes la bouilloire vinaigrée qui les guettait. En permanence. Et s'il ne faisait rien, fallait bien le croire qu'à la fin de la journée tout le monde aurait déserté – suivais-je toujours ? D'accord d'accord, acquiesçait le client, mais alors pourquoi n'y avait-il pas de couvercle sur l'autre bassine ? Ah, tenez-vous bien, lui dit l'héliciculteur, nul besoin, avec eux. Car ici nous avions de l'escargot bien français, du bon Gros-Gris en appellation d'origine protégée. Et donc pas besoin de couvercle. Dès que l'un d'eux disons peut-être un peu plus vif que la moyenne essayait d'escalader la paroi, les autres se chargeaient de suite de le ramener tout au fond, dans la bave : au moins, avec ces mollusques tricolores, on était tranquille.

Anne-Sophie Vitelotte a laissé passer une poignée de secondes et s'est esclaffée d'un petit rire pointu. C'est une fable, bref, vous avez compris l'idée ? Donc, si je me sentais l'âme d'un escargot anglais – c'était une *image* –, d'un entrepreneur, c'était le moment de passer la seconde et de doubler le tracteur quitte à mordre la ligne blanche. Elle a ensuite épelé PMGT et tenu à m'apprendre, puisque j'en ignorais la signification, que le sigle de l'entreprise, c'était P. pour *profit*, M. pour *motion*, G. pour *gain* et T. pour *turbo*. Turbo, oui, car la politique de la maison, on n'allait pas se mentir, c'était justement de ne pas perdre de temps. Voilà, on ne pouvait être plus clair, PMGT promettait une prime et, le lendemain, j'avais désormais une tâche à accomplir d'un genre nouveau : vérifier la conformité des tenues corporelles du duo cheminot responsable du parcours.

Le long du quai, attention, le bec jaune d'un Eurostar entrait en gare et cloquait un grand volume d'air polaire vers les cagouilles d'outre-Manche. Puisqu'il fallait nous en éloigner, de cette bordure dangereuse, je me suis décidé à monter dans le dix heures huit pour Paris, résolu à étudier les nouveaux contours de la mission du jour. L'agent B, fichait ma grille descriptive, était de sexe féminin, brune et quadragénaire. Éléments attendus à vérifier durant le trajet : tailleur seyant, milieu du genou, échancrure adaptée. L'agent C, sexe masculin, chauve poivre et sel, quinquagénaire. Éléments attendus à vérifier durant le trajet : paire de chaussures noires à lacets avec semelle en cuir, chemise blanche unie à manches longues, nœud de cravate simple. Le train à destination de Paris-Nord allait partir, prenez garde à la fermeture automatique des portes, attention au départ, a annoncé le chef de bord dans un déluge de gémissements et de succions. Les costumes anthracite étaient-ils portés cintrés ? soulevait également l'ordre de mission. Les chemises, repassées ? Casquettes, vissées ? Chaussettes noires à fines côtes, sans motifs ? Les chaussures, conformes, en adéquation avec le reste de la tenue et le bon port du badge ? À propos de badge, derrière la lettre B, le cœur d'une Solange battait. Son prénom, je l'ai lu épinglé sur son veston lors du premier passage du duo dans ma voiture (Messieurs-dames bonjour prononcé avec conviction toutes les deux rangées en moyenne, regard bien dirigé). Solange avait traversé la 7 en tête, polie, suivie de près par un visage d'une étrange familiarité. Un instant, j'ai cru à un coup monté, à une caméra cachée, une mascarade bien ficelée : l'agent C était une pure copie conforme de mon oncle Jiji grimé en rond-de-cuir. Il avait ce même teint de filtre à huile, ces mêmes mains d'outilleur-vidangeur, ce visage buriné par la gomme, j'ai failli en oublier qu'il restait avant tout un anonyme sans badge nominatif. Ce qui était, déjà, une faute en soi. Pas de petit nom, alors, le faux jumeau parfait ? Attendri malgré moi, j'allais tolérer ce qui n'était sûrement qu'un simple oubli mais il y avait autre chose de plus fâcheux : l'agent C, en dépit de sa chemise-cravate, portait des sneakers beiges. Et, soit dit en passant, en daim sale ou vieux nubuck craquelé. Une paire usée qui tranchait avec l'image attendue par le protocole. Mais là encore j'ai hésité à signaler la faute. Dans la relation client, j'étais tout à fait convaincu par la légitimité de vérifier, entre autres paramètres, la proactivité des agents et tout ce qui concerne l'altération d'image de l'entreprise partenaire mais, honnêtement, j'avais beau me concentrer sur la nudité jaunâtre de la campagne betteravière du dehors, je ne pouvais m'empêcher de penser que la visibilité des contrôleurs, du point de vue de l'usager assis, était en plan américain, soit tête-buste strict. À y méditer, dans ce train, j'ai fait une rechute de débutant. Au fond, ça ne pouvait pas me faire grand-chose qu'il porte des Air Max, une paire de bottes ou des charentaises. Tant que le sosie avait un pince, une casquette et un sifflet il me semblait difficile de signaler un écart de conduite injustifié. J'avais du biscuit tangible à avancer auprès de PMGT et je faisais pourtant la fine bouche. Mais qu'est-ce qui me faisait tergiverser ? Chez nous, on n'en avait jamais eu rien à carrer du vestimentaire. Mais qu'est-ce que « chez moi » avait à voir avec la question du moment ? Je peinais à me suivre, moi qui n'avais jamais été, disons, altruiste ou sentimental. Je me suis activé : sur le papier, force était de constater qu'il y avait faute incontestable. Alors pourquoi avais-je la fâcheuse sensation de chercher la petite bête ?

L'un après l'autre, les éléments du paysage se faisaient siphonner par notre très grande vitesse : toitures photovoltaïques, châteaux d'eau, crossovers qu'on devinait stationnés dans les allées, balançoires de jardin imprimant une couleur vive, quelques palmiers gelés à l'allure d'ananas géants, des tas de pneus abrités sous les chais aux façades défraîchies.

Le trajet se poursuivait sans avarie sur le matériel roulant et nous arriverions à l'heure. Aux deux tiers du parcours, l'annonce espace nurserie a été effectuée conformément, nous ne devions pas oublier que Railteam réchaufferait nos biberons avec plaisir en voiture-bar. Les passagers étaient absorbés par leurs écrans et moi j'étais toujours bloqué par ce dilemme gazeux. Nous longions maintenant Creil et ses usines scabreuses. Les briqueteries rouillées, les friches et les tôles métallurgiques s'émiettaient sur le bassin herbagé à l'image d'une pile de céramique brisée avec énergie sur un carrelage. L'étau se resserrait. Et, de grâce, c'est dans ces environs de désolation kaki que j'ai fini par trouver la clé : au final, j'ai fini par conclure, c'était à cause de la ressemblance de l'agent C avec Jiji. Tout ce flan parce que, sans prévenir, un clone m'avait juste renvoyé au garage, à la grande communauté du pont élévateur quatre colonnes et du saint cric rouleur américain. Alors comme ça je m'étais laissé mystifier ? Par un simple amalgame génétique ? Je me suis fait une morale efficace : combien de temps allais-je encore me faire berner par ma famille bancale ? À en arriver à gâcher des opportunités concrètes à cause d'un loyalisme aveugle ? La belle affaire. Du propre. Tout ça encore à cause de ces escargots dysfonctionnels stagnant dans leur mare d'huile hydraulique. Sérieusement, j'allais m'autosaboter pour un vieux cradingue ? La mayonnaise prenait corps. Une paire de godasses soignée, ce n'était pourtant pas la mer à boire quand on voulait faire société. Franchement. En guenilles. Devant d'honnêtes contribuables, des familles, des première classe. Comme l'avait souligné à juste titre ma manageuse la veille au soir, vu le prix moyen du billet, on s'attendait évidemment à un certain respect de la part du personnel.

J'ai donc fini par le pointer : en période probatoire, mieux valait maximiser la confiance de PMGT. Pour le badge, on allait passer l'éponge. Mais je n'ai pas voulu jouer avec le feu. D'autant plus, aurait même dit Jiji, qu'il n'est jamais bon de se faire remarquer. J'ai donc notifié « chaussures sales et non entretenues » et « talons usés », sanctionnant ainsi l'agent C pour non-conformité – la pire note du barème. Voilà, il paraissait normal après tout, au regard de ce que paient les contribuables et les clients directs, de leur proposer un service de qualité. *Business is business.* C'est ce que je me suis répété jusqu'à l'entrée dans la tranchée de rails de Paris-Nord.

XIV

À l'arrivée en bout de quai, une grande rousse échassée sous un trench émeraude a fondu sur moi. C'était Anne-Sophie Vitelotte, depuis le temps qu'on se parlait, c'était bien de mettre un visage sur une voix à un moment et se voir *en vrai*. Elle tenait à m'inviter à partager un déjeuner sur le pouce dans sa cantine, non loin. Ce à quoi j'ai consenti – hormis les formules paramétrées et ces quelques mots de lobby d'hôtel le temps de récupérer mes clés de chambre, je n'avais pas parlé à un être vivant depuis au moins douze jours. C'était un sri-lankais, à deux pas. Pur hasard de calendrier, m'a-t-elle expliqué sur le chemin, elle avait à faire quelque part dans Paris et, avant de remonter sur Lille, s'était rendu compte que nous allions nous croiser à quelques minutes près et avait décidé de repousser son train. Avec son forfait illimité sur la ligne, expliquait Anne-Sophie – au fait, je pouvais l'appeler par son prénom et la tutoyer maintenant, c'était plus simple pour tout le monde –, elle pouvait annuler son billet à la dernière seconde, *sisisisi*, changer d'horaire à sa guise. C'était trop ballot de rater l'occasion, sachant qu'elle connaissait mon planning sur les doigts de la main et que j'avais, à l'évidence, un créneau libre à lui consacrer.

C'est ainsi que j'ai découvert Muniyandi Vilas, le meilleur boui-boui du carrefour de La Chapelle, selon Anne-Sophie. La devanture verte ne payait pas de mine mais, passé la porte, l'environnement intérieur m'a semblé conformément entretenu (sol lessivé, murs bleu céleste uni, décoration folklorique – mobilier bambou, grand drapeau rouge de la diaspora tamoule, un tigre rugissant devant deux kalachnikovs au centre d'un cercle de balles de fusil-mitrailleur). Le patron, un sympathique petit moustachu gominé, est venu saluer la manageuse en habituée des lieux et nous a priés d'attendre un instant devant cet artiste toqué qui jonglait avec sa pâte beurrée – machine boulangère qui étirait, enroulait, aplatissait puis étirait encore, garnissait, enroulait, aplatissait, façonnait, sans cesser ses dodelinements de tête. C'est le Mozart du *paratha*, m'a glissé Anne-Sophie dans un large sourire amphétaminique. J'ai bien sûr feint d'apprécier sa formule mais j'étais en vérité trop préoccupé par l'enjeu tacite de ce déjeuner. Mon mantra, c'était de lui montrer que j'étais au niveau, en maîtrise, au sommet de mon art et surtout sans le forcer. Alors je me suis mis à froncer les sourcils et faisais mine de tout passer au radar. L'équipe, avenante et chaleureuse, mettait tout en œuvre pour garantir un service le plus rapide possible (la file d'attente était bien gérée, pas de conversation personnelle, pas de personnel inactif).

En un rien de temps, le moustachu nous a installés au fond du restaurant. On y était serrés comme des sardines, mais bien assis, à la bonne franquette. Face à Anne-Sophie, j'appuyais de brefs regards aux tables voisines, à l'image de l'élève d'auto-école fixant fervemment son rétroviseur intérieur. C'est kitsch, j'adore, j'ai souligné en soupesant la carafe d'eau à trompe d'éléphanteau. À la carte, *massala*, *palak paneer*, *korma* et d'autres compositions légumineuses que je ne connaissais pas. Anne-Sophie m'a gentiment guidé et dit d'y aller les yeux fermés. Attention, c'était parfois épicé, si on n'avait pas l'habitude mieux valait le savoir. Pas de problème, j'ai menti, et d'ailleurs tant mieux c'est ce qu'on attend d'un bon sri-lankais, non ? Et le chef est venu prendre nos commandes en dansant du crâne – ce sera deux *kottu paratha*, mets favori d'Anne-Sophie, poulet pour elle, agneau pour moi. Épicé ? Bien sûr, enfin normal. Puis ma convive est entrée dans le vif : j'avais signalé un suivi de procédure défectueuse n'est-ce pas, l'agent C, oui tout à l'heure, juste tout à l'heure, voilà, des chaussures non conformes tout simplement. Oui pourquoi ? j'ai dit tout en servant l'eau tiède et Anne-Sophie a subitement eu l'air ennuyée. Elle s'apprêtait à ajouter quelque chose mais les plats, dressés à la pince de service, ont débarqué, servis dans des assiettes en mélamine rose à motifs (que je jugeai, pour le coup, davantage chinois qu'indiens). Temps mort. *Kottu paratha chicken ? Lamb spicy ?* Ici, je fanfaronne – *here, yes* – tandis qu'Anne-Sophie donne le tempo : fallait y aller quand c'était chaud.

Je me suis rué sur mon *kottu*. C'était une délicieuse galette émiettée, nappée de garniture – œufs, viande marinée et légumes émincés. Tendre mais avec le plaisir de la mâche. Alors je mastiquais en prenant l'air grave du gourmet, soulignais la légère douceur relevée du gingembre, l'aigre-doux d'une pulpe, l'inénarrable peps de la cardamome, c'est vraiment excellent, j'ai tartiné, équilibre complexe, rien n'était laissé au hasard, chaque épice jouait son rôle. Et j'ai ainsi sermonné Anne-Sophie jusqu'à ce que le badigeonnage pimenté s'empare de mon palais.

J'ai vite eu des spasmes de hoquet. Envie subite de descendre la carafe, de rugir comme ce félidé indépendantiste. L'œil humide, le souffle coupé, l'œsophage troué par la lave, j'essaie de me donner une contenance d'autant qu'Anne-Sophie veut vite recentrer le sujet. Donc chaussures non conformes sur le Calais-Paris ? Je me masse discrètement l'intestin. Oui oui, pardon, l'agent C. Du coup, y avait-il un problème particulier ? Oh tout allait bien, pas de soucis, c'était bien, très bien, juste, non, a bafouillé Vitelotte en suçotant une miette du bout des doigts, je, disons, comment te dire, voilà, seulement PMGT avait besoin d'une précision supplémentaire. Une caractérisation de la faute, plus exactement. Une petite preuve littérale, une photo, un simple MMS à penser envoyer en complément lors du prochain trajet, trois fois rien. Le piment ne me lâchait pas et, en épongeant mon front à l'aide de ma serviette, j'ai demandé pourquoi ils avaient besoin de ça en plus, considérant que j'avais rempli la grille et transmis l'information, ce qui a mis Anne-Sophie à cran. Attends, tu n'es pas content ? Elle était, m'avouait-elle, surprise de ma réaction. S'il y avait un souci, il fallait le lui dire d'emblée. Sur le moment, je n'ai rien dit, ne comprenant pas ce revirement d'humeur et surtout, la bouche en feu, je ne voulais pas d'accrochage avec elle. J'ai fini par m'excuser, lâchant qu'il ne fallait pas qu'elle s'énerve, je demandais juste ça comme ça. Pour essayer de comprendre. De décortiquer. Et c'est là qu'Anne-Sophie a explosé d'un rire bruyant. La tablée d'à côté, une famille indienne, s'est retournée d'un bloc. Pardon, mais tu me fais rire, m'a-t-elle dit. Tu te rends compte de la chance que tu as ? a demandé Anne-Sophie. Car je devais savoir qu'elle avait sous le coude un flux de cent collaborateurs qui rêvaient de partir en mobilité Scalp. Sans compter que nous étions membres gold de la MSIA, a-t-elle tenu à me rappeler – *Mystery Shopping International Association* –, donc, si elle demandait ceci ou cela, c'était dans une optique de *process* au long cours, *brainstormé*, et pour le bien de tous les partenaires. On travaillait sur les services, pas sur les personnes. PMGT avait la vue d'ensemble, orientait, et moi j'appliquais les directives. Chacun à sa place, les vaches bien gardées.

Entre deux bouchées, ma supérieure m'a avoué que ce n'était pas le moment de se ramollir en escargot français. Puis elle a ébauché un sourire et s'est campée sur ses coudes pour me chuchoter que Scalp, entre nous, c'était ma balle de match pour continuer à grimper chez PMGT, en plein essor. Ne gâche pas ta chance, a fini par prêcher Anne-Sophie. Car, en définitive, je valais mieux que *ça*.

Nous avons fini nos assiettes en silence puis, d'un coup, sans crier gare, Anne-Sophie a plaqué son portefeuille croco sur la table. Bien, a-t-elle repris en se rinçant les mains au gel hydroalcoolique. Une petite photo, même mal cadrée, pixélisée, ça lui irait très bien. À part, évidemment, si ça ne m'intéressait pas de toucher la prime. Si je voulais un *lassi* mangue en dessert pour me détendre le diaphragme, c'était le moment, pour sa part elle devait se magner pour attraper le prochain Lille-Europe. Je n'avais plus faim et transpirais encore en lisière de nuque. L'addition, une vingtaine d'euros tout au plus, c'était pour PMGT – *tututut*, non négociable.

XV

« Départ retardé » clignotait sur les panneaux d'information de la gare de l'Est. Une équipe d'aiguilleurs intervenait sur la voie, laquelle et pour quels motifs, personne n'en savait rien. Untel avançait qu'un train avait percuté quelqu'un et que les agents ramassaient les restes du mort, évacuaient ses morceaux éparpillés sur les rails. Un autre évoquait une fronde syndicale surprise. Était-ce une panne qui paralysait tout ? Un suicide ? Un incident caténaire, un incendie, un acte de malveillance, des animaux sauvages broutant sur la voie ? Tandis que le grand hall noircissait à vue d'œil, la rumeur enflait sur les lèvres des usagers contrariés. Dehors, le ciel n'avait cessé de crever son abcès nuageux en cordes rêches. La gare s'était transformée en grand piège à trappe qui se refermait sur ses propres enfants. Une fois à l'intérieur, le quidam essorait son parapluie, éphémère soulagement, avant de se liquéfier devant les écrans.

Moi j'étais retranché au fond d'un fauteuil pivotant du salon voyageurs à l'appui-tête modulable, boissons chaudes et presse gratuite à volonté – *Les Échos*, *New York Times*, *Le Monde*,

L'Obs, le genre de trucs que je n'avais jamais ouverts, ils étaient tous là, alignés comme les plus beaux fruits du primeur. PMGT m'avait envoyé le parcours détaillé du jour à l'aube et réservé une place en première dans un trajet aller pour Strasbourg. Je devais caractériser la faute de l'agent C si elle se reproduisait devant moi. Inutile de le chercher dans la foule maintenant, vue du premier étage la dalle était bouchée d'un même corps tanguant imperceptiblement, telle une vague stationnaire. Au-dessus de ce grand tout humain bigarré d'écharpes, de bonnets et de cheveux, flottait une fine buée générale – la brume d'une foule électrique qui soufflait, en silence, son exaspération. Une masse informe qui s'entassait à cet instant entre les enseignes commerciales, sans aucune information, interface ni autorité compétente. En contrebas, devant les voies, dans un enclos de barrières adossé au distributeur de boissons chaudes, un homme coiffé d'un turban sikh jouait au piano en libre accès. De ses doigts fins s'évadait un filet de notes légères qui s'étiolait en échos sous la voûte du bâtiment. « Départ retardé. » Une flaque de spectateurs se formait autour de lui à mesure que le flux d'usagers se densifiait. En réplique, de plus en plus de monde affluait dans le salon voyageurs. Sur les tables, tableurs Excel ouverts en croisés dynamiques, PowerPoint en graphiques fromages et, en bruit de fond, la rafale des touches de clavier. La peine a fini par tomber : deux heures de retard sur tout le réseau. Autour de moi, les hommes d'affaires du salon se sont mis à parler plus fort au téléphone, d'un ton plus sec. En bas, le pianiste, lui, est passé à un tout autre registre, assénant des frappes nerveuses à l'instrument.

Une heure et demie plus tard, quand la voix de la Railteam a annoncé la reprise progressive du trafic façon cyborg, et que notre voie de départ s'est affichée, une grande marée a drainé poussées compactes, piétinements et asphyxies compressives. Panique générale mêlée de pleurs, de rires nerveux et de cris. Une grande scène de transhumance. Chacun pour soi et moi d'abord ; spectacle à la fois magnifique et terrifiant. J'ai observé la migration depuis mon recoin, patiemment. J'avais le temps. J'ai attendu la recharge intégrale de mon cellulaire puis j'ai rejoint le quai au long duquel se planquait, derrière un portique détecteur de métaux, le convoi strasbourgeois. Première classe, voiture 11, place 72, côté fenêtre. Ma voisine, transie de froid, s'était déjà endormie à ma place, avachie sur la tablette rétractable. J'ai pris le fauteuil côté couloir, en pleine possession de l'accoudoir. Un instant j'ai cru qu'on démarrait enfin, ressentant une légère poussée mécanique au creux de mon estomac. Mais nous étions en réalité toujours arrimés, à l'arrêt, l'autre train parallèle s'éloignait. Puis ce fut à nous. Un mur antibruit taillé en dents irrégulières, dépôt RATP, HLM polygonaux, une courte succession de tunnels grinçants et nous avons quitté la banlieue parisienne. Je revois une éclaircie au-dessus de la bordure de grillage qui défilait avec constance depuis que nous roulions, l'orée d'un bois squelettique tout proche, une vitesse croissante. J'étais sur le qui-vive, à l'affût de l'intervalle d'action. C'est alors qu'une annonce générale a résonné à fort décibel. Quelqu'un était prié de se présenter de toute urgence aux contrôleurs en voiture 14.

Il me suffit de fermer les yeux pour revoir le travelling. Je me lève de mon siège où est incrusté un code QR, je traverse les wagons, aimanté par la voiture 14, je regarde par automatisme la ventilation du dispositif VMC – l'extraction d'air côté fenêtre est satisfaisante-conforme. Je consulte mon téléphone, j'ouvre l'application appareil photo et plaque le mobile contre mon ventre. En voiture-bar, ça sent le café, des arômes d'arabica torréfié, une odeur de sucre, de lait et de chocolat en poudre imprègne l'espace. Au bar, deux vieilles femmes lisent chacune leur journal, elles sont côte à côte, assises dans le sens de la marche. Je vois les agents B et C discuter au fond avec le personnel barista à notre disposition durant le trajet. Il n'y a pas de file d'attente, ils ont posé leurs tablettes de scan à billet sur le comptoir coudé, ils sirotent un jus de fruits. Ils ne me voient pas encore alors que je m'avance lentement. L'agent C porte ses baskets toutes pourries, elles sont encore pires que dans mon souvenir, c'est quand même hallucinant comme il ressemble à Jiji, je me dis, mais il a encore fauté, je n'y suis pour rien, j'y vais, je ne tremble pas, c'est inexcusable, je pense à Anne-Sophie, à ma prime, l'agent C est un produit périmé et moi j'ai le futur devant moi. Je feins de lire un SMS en amorçant la mise au point. J'y vais en mode silencieux, sans flash, en me payant un Perrier au comptoir. C'est un jeu d'enfant sur un cas d'école. Je mitraille sans que personne ne s'en aperçoive. L'ironie, c'est que l'agent C vient ensuite me parler du service de remboursement G30 et me demande si j'ai une connexion à assurer à Strasbourg. Au nom de l'équipe, il est désolé du retard causé par une opération de déminage. Bagage abandonné, Vigipirate, etc. Très pro, je me suis dit après coup. Puis j'envoie les photos au retour, sur le chemin de ma place. Lorsque je la regagne, ma voisine a disparu. Alors je prends le fauteuil côté fenêtre et remarque qu'un sticker transparent indique « Laissez-vous rêver » en travers de la vitre. Je ne me fais pas prier. L'annonce du franchissement des trois cents kilomètres par heure tombe et mon portable clignote. C'est un message de PMGT. Je ne l'ouvre pas tout de suite, je savoure l'instant. Là un sentiment de légèreté m'envahit. Derrière le lit de pierre au centre duquel nous galopons, la fixité d'une fine tranchée d'herbe morte donne l'illusion d'un paysage convexe.

XVI

Pour seul rituel matinal, j'avalais une cascade brûlante d'arabica et m'empressais de gagner à pied le début de la rue Nationale, en plein centre, où s'entassait la masse amorphe de travailleurs aspirée vers les entrailles du métro et précisément là où se situait le *bench* PMGT 59, troisième étage d'un immeuble discret, au-dessus d'un éblouissant club de fitness 24/24 et d'une agence immobilière free-lance 2.0. En général, je furetais le secteur développé-couché, badgeais, ouvrais mon casier, sortais mon laptop et partais m'installer où je voulais dans ce qu'il était convenu d'appeler notre *head office* : un espace pensé comme un service, revendiquait fièrement Anne-Sophie, un plain-pied dénué de meubles où se dressaient ici et là des îlots de poufs pourvus de prises connectives, le tout agencé en archipel gravitant autour d'une sainte trinité composée d'un canapé central, d'un baby-foot et d'une tireuse à bière en libre service. Le *bench*, ouvert nuit et jour, ruisselait d'activités aussi diverses que variées mais toutes dédiées à l'innovation disruptive de PMGT. Développeurs du catalogue d'applications, *growth hackers*, *UX designers*, *chief product officers* ; on est un troupeau de taureaux, clamait Anne-Sophie, et on va tout fracasser.

Moi, j'essayais de prouver chaque vendredi soir à cette dernière mon utilité à travers mon « PPP ». Tableau de route hebdomadaire, le *pipipi* – *progress*, *plans*, *problems* – me permettait de me mettre en avant (en gommant à l'envi mes erreurs) et de prouver à la hiérarchie que je faisais bien partie de ce « *on* » vitaminé à la tech. Car, sans le vouloir, j'étais entré chez ces cols blancs par effraction après mon Scalp. Et ce que je retenais, c'est que si je n'étais pas une bête en informatique, loin de là, parti de rien, *from scratch*, j'étais devenu *collab* PMGT. Anne-Sophie, *talent acquisition manager* à ses heures perdues, m'avait *onboardé* ici, et dans ce *chaordre* défendait bec et ongles la nécessité d'avoir sous le coude un opérationnel terrain couteau suisse.

Donc j'étais le *customer insight* du hub 59. Dans la profession, l'exercice demandé est dit d'opinion, ou ressenti client. Sans le sabir, il s'agit d'écrire son sentiment et de le faire rentrer dans une grille, d'atteindre un degré d'objectivité-subjective suffisant pour rendre compte d'un vécu type. Les *account executives* PMGT *closaient* les contrats, et je prenais le relais, finisseur *premium*, garant de la satisfaction long terme. Grosse cote de match pour un avorton incapable en mécanique, je m'enorgueillissais, parfois, sous le jet tropical de ma douche.

Les grands jours au *bench*, nous étions une vingtaine éparpillés sur le *pool*, affairés à trouver des solutions innovantes pour percer rapidement le marché. Dans la tendance, ça oui, mais jamais dans les mêmes directions en réalité : ça ne se mélangeait pas tant que ça. De petites chapelles invisibles étaient érigées. Les commerciaux entre eux, les développeurs dans leur petit coin et les *product managers* dans le leur. Moi, j'allais souvent du côté des *dev full stack*, au fond, sous les plantes grasses, au creux des poufs les plus profonds qui ne faisaient pourtant pas l'unanimité. À tous les coups j'y trouvais un Pierre-Noël larvé dans un Fat Boy, visage pâle, lunettes enfouies dans son écran treize pouces. Insomniaque, il surveillait ses placements sur un fuseau GMT tenu secret, guettait par intraveineuse ses *tokens* à fort potentiel. Ce matin-là, Pierre-No était entouré de ses disciples et donnait sa messe – au hub, tout le monde était dans les cryptomonnaies. Surtout Benoît et Kenza (*front-end dev* et *back-end dev*) qui, sous la recommandation de maître Pierre-No, testaient un nouveau robot de trading au rendement annoncé à trente-deux pour cent par mois. Après le *up*, promettait Pierre-No sans quitter sa grosse bertha, le *down*, très classique. Amplitude, volatilité, il y avait toujours un réajustement à cause des robots qui revendaient après dix pour cent de marge. C'était le moment de prendre de la hauteur et de suivre sa stratégie. Faudrait avoir du sang froid dans les semaines qui viendraient, réduire son anxiété, ne pas être trop gourmand.

Comme à mon habitude, j'ai salué mes nouveaux collaborateurs au bord du bégaiement – *salut ça va ?* –, ce à quoi Pierre-No a répondu sans quitter ses graphiques, mec, si tu dois entrer dans le *game* c'est *now*. C'était une belle occasion, a jugé utile de préciser son fidèle Benoît car, à l'évidence, le marché allait être favorable. Pierre-No pouvait me donner quelques conseils, en bon voisin de pouf. Mais ne pourrait être tenu responsable de mes pertes si un jour j'en avais. Mes positions, mes risques, expliquait le gourou. Ça permettrait de mieux se connaître, aussi, à défaut de bosser sur les mêmes échelles stratégiques. Et Benoît et Kenza opinaient du chef. Comme si, avec mon simple travail de terrain, je leur faisais pitié. Franchement c'est trop gentil, j'ai répondu, flatté d'avoir enfin gratté une opportunité d'en être. J'ai ajouté je te dis ça ASAP. *Coolasse*. La patience est la principale qualité de tout investisseur, a certifié le Socrate du Bitcoin. Mais pour ça fallait quand même investir, à la base. Et le trio s'est bidonné : j'ai senti le poids de leur condescendance s'abattre sur moi. Je venais de me tirer une balle dans le pied. Réfléchis pas trop, on te parle d'un plan de sûreté, là, loupe pas le coche, m'a pressé Kenza d'une moue de dégoût en démêlant une tresse de câbles. Alors j'ai décidé de monter dans le train en marche. Si mon loyer à venir était déjà provisionné, j'avais un embryon d'épargne à investir. Pierre-No exerçait une telle influence sur le *bench* que je pouvais, au fond, m'en remettre à lui seul en la matière : on était en présence d'un animal qui dormait tout de même devant les cours de capitalisation boursière en temps réel. Combien il te faut ? j'ai lancé, craintif. Bah le maximum, m'a répondu Pierre-No, mille euros, pour commencer, à placer sur des jeunes pousses à haut potentiel, ça me tentait ? On coupe la poire en deux, cinq cents ? j'ai avancé, paniqué. Kenza a levé les yeux au ciel mais Pierre-No a abrégé l'humiliation. Ce serait cinq cents. Très bien. Il me ferait bientôt pêcheur de *stablecoins*.

Les banques centrales allaient encore trembler dans leur rafiot : on visait le *pump*.

Je me connaissais, je préférais viser juste que risquer d'être trop haut. Valait mieux pas que je me disperse davantage, déjà que je me mettais dans le rouge avec ces cinq cents et qu'Anne-Sophie en attendait – légitimement – beaucoup de moi. J'ai ensuite pensé à ma mère et à l'oncle Jiji. Start-upper investisseur en cryptomonnaies. Ça avait de la gueule, quand même. Et là-dessus j'ai allumé mon ordinateur.

J'avais été placé par Anne-Sophie sur le segment coffrets-cadeaux pour nos clients institutionnels, souvent des formules week-end zen. PMGT défrayait les yeux fermés et j'étais lové dans un luxueux sauna finlandais ouvert sur les monts des Flandres ou attablé au brunch détox d'un hôtel quatre étoiles de la côte boulonnaise. Le plus souvent, il fallait exprimer dans mon *reporting* ma « waouh expérience » en cinq cents points que je rédigeais classiquement à mon retour dans un pouf du *bench* et que je restituais, photos à l'appui, pour le progrès du management. Les pierres de massage étaient-elles assez chaudes ? Suffisamment rondes pour mon dos ? Bien disposées le long de ma colonne vertébrale ? Les formalités d'accueil étaient-elles exécutées avec bienveillance par le personnel ? Les tables du petit déjeuner, recouvertes d'un papier nappe damassé ? Bien dressées, tandis que le buffet salé se garnissait d'œufs brouillés, de saucisses bouillies et de tranches de bacon grillées ? Car c'est ainsi que se maintient l'excellence de l'hôte et que le mot service prend tout son sens, disait Anne-Sophie dans ses rares retours de *pipipi*. Car on se réinvente sans cesse. Parce qu'un sourire client, c'est un sourire collaborateur. Parce qu'il faut travailler en intelligence. Parce que « SMART » : S. comme spécifique, M. comme mesurable, A. comme adaptable, R. comme rigoureux, T. comme temporel parce qu'on doit penser opérationnel et que le futur, c'est déjà maintenant.

XVII

C'est au cours de cet âge d'or que j'ai rencontré Martha. Enfin « rencontré », pas exactement. À l'origine, Martha était une des rares filles gravitant dans l'informe flottille testostéronée des coursiers lillois et, qui plus est, plutôt très jolie. Le hic, toujours pressée entre deux *shifts*, peu loquace, elle ne s'éternisait pas lors des prises de commande et je n'étais, à l'exception d'un événement que je vais brièvement raconter, jamais parvenu à lui arracher un seul mot. Ce n'est que plus tard, par chance, que je suis retombé sur elle. C'était un matin au supermarché Match de la rue de Solférino. On s'était croisés à contresens au rayon savons – elle n'avait pas pu nous éviter, mon caddie hebdomadaire et moi. Ça fait un bail, j'avais lancé, depuis la dernière fois et les spaghettis à la boutargue. Autant dire que l'iode persillé, le piment oiseau, l'ail frit, les zestes de citron frais, la touche finale de sauge ciselée et tout ce concentré marin s'amalgamant pour former un équilibre parfait, elle s'en souvenait, bien sûr, de cette histoire, ç'avait été un bon moment, elle l'avait confirmé.

Pour situer, j'étais donc coursier et donc parti livrer deux portions de spaghettis à la boutargue figurant à la carte de la

Trattoria Pepino dont j'ai déjà parlé. Cette fois-ci personne ne m'avait ouvert alors que je tambourinais à la porte depuis quinze minutes – je n'ai jamais su s'il y avait eu une erreur d'algorithme ou si ce client s'était tout bonnement absenté, ça reste étrange, il n'y a pas eu de réclamation. Bref, c'était au fin fond de La Madeleine et Martha, hasard, coïncidence, était passée pile devant au moment où je me remettais en selle, encore chargé de la *pasta* (au bout de dix minutes d'attente stériles, la règle est – assez rare pour être soulignée – à l'avantage du coursier qui empoche la victuaille). Nous étions tous deux en fin de *shift* et avions simplement partagé le retour vers le centre de Lille. Je nous revois pédaler à hauteur de l'autre, faisant les présentations les guidons fourchus parallèles en travers de la chaussée pavée. Le courant passait bien. Au fait, j'avais lancé au feu rouge, si jamais ça te chauffe, j'ai un bon plat à partager qui fume dans le dos. Les boutargues avaient fait mouche.

Nous nous étions arrêtés au premier square pour s'enfiler cette double ration *al dente* sur le pouce avec des couverts en plastique qu'elle avait dénichés au fond de son sac isotherme. On avait même partagé l'eau gazeuse au goulot. Martha était affamée et les pâtes succulentes, quoique mollassonnes. Qu'importe, assis côte à côte, nous avions enfin brisé la glace. Connivence spontanée, Martha ne comprenait vraiment pas pourquoi les gens se faisaient livrer à domicile, avachis dans leurs sofas, un plat enroulé dans une tonne de plastique qui aura au final perdu en qualité. Surtout des pâtes. On était tombés d'accord, c'était pourtant pas bien compliqué de faire bouillir de l'eau, de la saler, de les y plonger, le temps de faire rissoler un oignon vite fait, d'égoutter et de napper le tout d'une quelconque sauce. Bref, assis sur ce banc public, notre partage des boutargues fut une fête mais il s'était vite fait tard et la pluie, comme à son habitude, avait menacé de s'abattre. Nous n'avions ni échangé nos numéros ni promis de nous revoir et, par la suite, ne nous étions jamais plus croisés.

Donc au Match de Solférino, j'ai pris mon courage à deux mains. Quelques secondes d'héroïsme auxquelles je repense souvent, et qui me rendent tantôt nostalgique et fier, tantôt triste et colérique d'avoir ensuite tout gâché. Mais pour l'heure, au supermarché, j'y suis allé en approche frontale, avec une confiance inouïe pour le timide que je suis. Sans doute, je le mesure avec le recul, est-ce parce que, à compter de mon intégration au hub 59, je me suis senti plus serein dans ma vie quotidienne. Mieux dans ma peau, plus à l'aise dans mes interactions sociales. Question de contexte, l'assurance se renforce et les missions se chiffrent. Les deux se nourrissent : c'est un cercle vertueux. On pourrait continuer à bavarder ailleurs, j'ai proposé à Martha, du moins, sans ces crèmes hydratation intense dans le champ de vision ? Et pourquoi pas à la meilleure table italienne de Lille ? Si elle était libre, un de ces quatre. Je l'invitais. Ça l'avait fait rire puis hésiter. Là, elle était pressée. Demain ? m'étais-je hasardé avant qu'elle ne tourne les talons vers le rayon frais, vingt heures trente devant Trattoria Pepino ? Martha avait accepté.

Deuxième service, nous étions installés au comptoir, perchés sur ces tabourets de velours face aux bouteilles rétroéclairées en mode rouge-framboise. Martha trouvait la nouvelle déco magnifique. Elle reconnaissait à peine le lieu depuis les grands travaux de rénovation. Les néons parme, les affiches de cinéma, les nappes à carreaux, les statues antiques en fausse pierre – maintenant on se croirait à Naples, j'ai menti d'un air assuré, dans une *osteria*. Martha m'a montré ses dents parfaites, elle semblait ravie d'être là, d'autant que de forts effluves de truffe emplissaient nos narines : la belle indécise a même hésité, un instant, à changer sa commande après avoir vu défiler dans les mains de la *squadra* une appétissante pizza *alla tartufata bianca*. Mais elle s'est raisonnée et nous sommes restés, comme convenu, sur les spaghettis à la boutargue, histoire de raviver notre bon souvenir. Pour patienter, j'avais commandé une bouteille de blanc sec toscan avec un assortiment d'*antipasti*. *Tutto è fatto in casa*, Martha avait soif, les aubergines grillées luisaient d'huile d'olive, on était à l'aise, déjà plus rieurs à mi-bouteille. On a commencé par parler du temps d'avant, de vagues connaissances en commun puis, heureusement, la discussion a dérivé vers les choix de bases pour les pizzas. Sérieusement, non mais attends, sérieux, me demandait Martha, un brin pompette, pour toi c'est tomate ou crème ? Pâte fine ou épaisse ? Tradition napolitaine ou romaine ? Et la version new-yorkaise ? Sur toutes ces questions, Martha avait une idée très précise, ce qui rendait le débat passionnant. Selon la cheffe, la napolitaine – bien exécutée attention, c'est-à-dire une pâte fermentée cuite au feu de bois à un minimum standard de quatre cent cinquante degrés – était plus goûteuse et plus digeste. Donc imbattable. Sans arguments techniques, j'étais bien sûr d'accord : j'avais surtout l'agréable sensation de reprendre le fil de la discussion sur le banc, là où nous l'avions laissé. Martha m'a dit que je n'avais pas changé. Moi, je la mangeais du regard. Les plats sont arrivés dans de larges assiettes bleues garnies de citrons peints et je revois encore ses joues qui rosissaient tandis que les spaghettis s'enroulaient avec joie à sa fourchette comme le serpent au bâton – Pepino est le nec plus ultra pour qui veut conclure. Puis nous avons rattrapé le temps perdu. Quoi de neuf alors ? Eh bien la Flotte, le sushi tiède, le burger froid, c'était fini aussi pour Martha – *e basta*. Avec ses économies de bouts de chandelle, elle projetait maintenant de sous-louer un minuscule local aux alentours de la gare de Lille-Flandres. Martha ébauchait à peine les contours de son projet. L'idée était de se lancer dans la restauration mais, un peu superstitieuse sur les bords, elle voulait garder son concept secret, même si je sentais qu'elle mourait d'envie de tout me dévoiler. Je me suis voulu apaisant, lui ai dit de temporiser en la resservant : rien ne pressait.

À ce rythme, la bouteille serait bientôt vide et Martha se révélait lumineuse, sensuelle, ses yeux verts légèrement injectés de sang. Et si on se partageait une pizza truffée ? j'ai lancé. On n'avait qu'une vie. Défi accepté, Martha devint alors plus prolixe et ajoutait quelques précisions utiles relatives à ce mystère, comme quoi c'était un placard à balais, ex-magasin de vapotage croulant sous les courriers recommandés glissés sous la porte avec, en théorie, sur ses plans, à peine la place de caler une gazinière mais qui, normalement – elle croisait les doigts – devrait faire l'affaire : elle me tiendrait au courant, si ça m'intéressait. Je lui ai répondu mais attends mais carrément, avec plaisir, c'est énorme en tout cas, j'avais hâte d'en savoir plus. C'est drôle, j'ai ensuite affirmé en fixant les plafonniers en tissu chiné, mais en fait on veut faire bouger les lignes, toi et moi. Entreprendre. Pas comme tous les autres, là, et après avoir raconté mon accident, vidé mon sac sur le monde des coursiers à vélo tout en commandant au *ragazzo* du comptoir une deuxième quille de blanc sec, je lui ai résumé ma plongée dans le *mystery shopping*, mes débuts laborieux, la mission Scalp et la promesse d'une vie solvable. Martha, à l'abordage de la succulente truffe fraîche de saison, m'écoutait avec attention. J'étais en pleine ascension, je jurais entre deux crocs voraces, j'expérimentais, avais désormais ma place dans une start-up qui faisait du chiffre, locaux plein centre, goûtais à plus de confort, investissais dans les cryptomonnaies. Ouais, carrément, je vise le *pump*, je m'entends encore débiter. Car quand on voulait, on pouvait. Parti de rien, j'en étais la preuve. *Elle* en était la preuve – Martha a pouffé de rire et je n'ai trop su l'interpréter sur le moment.

Cuillère plantée dans un tiramisu nappé de marsala, j'ai hésité à raconter la blague douteuse des escargots, mais heureusement je me suis abstenu. Et Martha a laissé sa crème fouettée au mascarpone en bordure d'assiette en déclarant qu'elle avait trop mangé. C'était le piège, les traquenards à la Pepino. Elle s'est ensuite excusée de devoir me laisser un instant et s'est éclipsée vers les toilettes des dames. J'en ai profité pour régler l'addition en catimini et à son retour, *tututut*, j'ai fermement opposé l'invitation. Martha, d'une vexation calibrée, a proposé de payer le digestif pour équilibrer. Ici ou ailleurs ? Calé, j'ai plaidé l'envie de marcher, de sortir prendre l'air et peut-être ainsi de parvenir à digérer. Alors nous nous sommes décidés à écluser un dernier verre dans le Vieux-Lille.

Sur le chemin du bar, il soufflait de gros coups de chien qui agitaient les arbres décharnés par l'hiver. Alors que nous remontions lentement la rue Pierre-Mauroy, repus, éméchés, d'un pas tous les deux hésitant face au vent frais, nous avons fini accrochés bras dessus, bras dessous. Au carrefour de la quatre-fromages, j'ai aperçu l'épave de mon vélo : elle était toujours attachée à son poteau, selle et roues envolées. Le cadre ressemblait à une vieille carcasse nettoyée à l'acétone. Face à l'opéra, Martha scrutait en silence les muses gravées dans la façade. J'ai senti que c'était le moment de faire preuve d'audace. C'est devant le passage clouté du boulevard Carnot que je l'ai embrassée, furtivement, au creux de son cou parfumé. Le vert piéton s'est enclenché et Martha, je m'en souviens très bien, Martha a attendu sagement que nous soyons parvenus de l'autre côté de la travée pour riposter d'un baiser glouton.

XVIII

C'est allé si vite entre nous, Martha. Si fort. Si beau. Si fulgurant. Te souviens-tu qu'au bout de quoi, allez, deux mois à peine, tu m'avais encouragé à quitter ma moisissure de Wazemmes (comme moi, tu haïssais ce studio) pour venir m'installer chez toi, coquet trois-pièces mansardé sous une verrière ouverte sur la canopée de briques, à deux pas de la Grand-Place et cinq minutes à tout casser du hub ? Martha, j'aimerais tant pouvoir revenir en arrière et revivre ces débuts de journée, traînassant au lit, nos doux baisers et la cafetière italienne qui glougloute au loin sur la plaque son train fumant d'arabica. Martha, tu filais pour neuf heures, absorbée par Poulpism, ton comptoir sandwichier d'un genre nouveau consacré au poulpe. Il a dû bien se développer, depuis le temps. Tu sais, je me la figure sans relâche, ta pendaison de crémaillère. J'imagine ton émotion palpable, ton bégaiement de circonstance, tes proches présents pour l'occasion, le champagne sabré et tes yeux qui crépitent de joie devant le minuscule comptoir avec en vitrine l'ardoise. *Pulpo* à la *gallega*, à la *pignata*, *salada de polvo*, à la dunkerquoise, Martha, je t'entends réciter ta dictée favorite aux premiers clients : pas d'algorithme, pas de plateforme, pas de livraison par coursiers. Ici et maintenant, circuit court, local, poulpe frais et prix doux. Je sais que je n'ai pas été foutu d'être là : je te demande pardon pour tout. Parfois aussi je me force à être plus léger et je repense au fait que tu avais fait imprimer les flyers et que tes potes de la Flotte (du moins, ceux avec qui tu avais opportunément renoué, Martha) les faisaient glisser déjà par centaines dans les cartons des pizzas qu'ils livraient tandis que les boîtes aux lettres des immeubles de la clientèle se faisaient submerger par la nouvelle sensation céphalopodienne. Ta stratégie à l'ancienne, tu la revendiquais, Martha, tout de go sur le rétro, je te l'entends encore me la dérouler, comme à ton habitude, avec le tissu d'acronymes de ton business plan et tes *insights*. Revenir à l'essentiel, axer terroir, ultra iodé, t'enraciner autour d'un mollusque de la criée de Boulogne-sur-Mer, tel était ton credo. Comment en as-tu eu l'idée ? Ce coup de génie ? Je n'ai jamais su, Martha. On n'a jamais trop évoqué ce sujet, curieusement, si ce n'est ton idylle de taverne cycladique où tu avais posé ton sac à dos lors de ton été InterRail. Bien avant « nous ». Mais en tout cas, très tôt, moi j'ai senti que ton intuition allait faire mouche : Poulpism n'avait pas encore ouvert que ton téléphone sonnait. *En avant poulpe*. Tu t'étais fait concocter un site et dégoté un pack de followers à bas prix pour t'assurer un ratio favorable sur les réseaux sociaux. L'interface rendait bien, les statistiques de visites grimpaient, t'en étais contente.

Martha, quand j'ai commencé à vriller, tu terminais ta formation en hygiène alimentaire et t'exerçais chaque soir à décortiquer des cageots de chairs visqueuses qu'on t'expédiait depuis Boulogne-sur-Mer – la bataille des prétendants au titre de fournisseur exclusif. Ces temps-ci je rentrais, j'accrochais mon manteau souvent trempé et te trouvais rituellement en train de taper au couteau à volaille dans une masse viscérale de monstres marins pour en dégager tentacules, becs durs et ventouses, marteler ensuite ce tout gluant et l'expédier en cuisson. J'ai ta recette pour détendre ces morceaux grisâtres. Congelés, blanchis à l'eau bouillante salée, égouttés, grillés à l'huile d'olive, citronnés, vinaigrés, déglacés, nappés de paprika, glissés au creux d'une pita à la farine d'épeautre puis assaisonnés d'un combo roquette-tomates cerises, en termes de goût ton casse-croûte se plaçait d'office au-dessus de la mêlée générale sur la tranche pause-déjeuner : vu ta stratégie de prix, Martha, (cinq euros le sandwich), ton coût environnemental (l'animal mou, tu m'as appris, se reproduit très vite et sa pêche ne menace pas les stocks) et au regard de sa mine nutritionnelle pleine d'oméga-3, de fer et de vitamines – il était clair que Poulpism serait imbattable. Te souviens-tu qu'on a fini par en être blasés, de manger constamment des pieuvres, des encornets ou du calmar ? Nous, les vieux sénateurs désabusés. Qu'on riait pas mal aussi tous les deux ? Qu'en club, tu avais même réussi l'exploit de me traîner du bar jusqu'au dance floor ? Qu'on s'emmêlait nuit et jour, partout, tout le temps ? Qu'on sentait que quelque chose de grand était en train de naître. Alors au fond quand ça s'est fissuré, quand j'ai senti que ça ne tournait pas rond, je n'ai pas voulu t'embêter avec mes soucis. Tu rayonnais tant ces soirs-là sur ton petit nuage. Martha, je ne voulais pas plomber l'ambiance et j'ai tout mis sous le tapis.

XIX

C'était un samedi, en fin d'après-midi, je suis sûr que tu t'en souviens, Martha. Nous revenions de nos emplettes habituelles dans le Vieux-Lille quand nous avons été interpellés par la circulation paralysée dans l'hypercentre et cette épaisse fumée cramoisie qui partait en épi vers la rue Nationale. Inhabituel spectacle, Martha : des livreurs à vélo paradaient par dizaines à vive allure, sacs en berne, mines sombres, tous vêtus de noir. Piqués de curiosité, nous nous étions approchés du nuage, guidés par le brouhaha. Un tas de pneus brûlait au beau milieu de la chaussée et des gars de la Flotte, en jersey fluorescent, y brandissaient de larges banderoles en tissu. Bombés à l'aérosol, un grand « COLÈRE » en majuscules suivi des mentions « ÉLIO – QUE LA TERRE TE SOIT LÉGÈRE », « GREVEROO » et « LUTTE ». Ambiance insurrectionnelle, forte inhalation de gomme, cornes de brume, ça m'avait dissuadé de progresser. Et puisque j'étais chargé de sacs de soldes privées, c'était à l'évidence une mauvaise idée de se rapprocher. Mais toi, Martha, tu as sautillé par-dessus les vélos empilés en vrac contre le Sephora. Tu étais comme aimantée par ce fatras et j'ai dû te suivre, me faufiler derrière toi de l'autre côté de la barricade – la pyramide de glacières avachies.

Ni une ni deux, tu es tombée sur quelqu'un et m'as laissé errer seul. Au début, je me revois me retourner en permanence, maintenir un air ahuri d'être là, de crainte que quelqu'un de PMGT ne me voie ici, en cette compagnie licencieuse (au hub, j'avais tu cette partie de mon histoire, je ne voulais pas qu'on me sache lié à l'inframonde qui venait livrer chaque midi, à notre porte, ces formules déjeuner jugées *healthy*). Pourtant, je dois bien le concéder maintenant, je m'y suis senti en terrain familier, dans cette manifestation. On n'en a jamais reparlé mais comme toi, Martha, j'y ai croisé des têtes connues qui m'ont dévisagé. Omar, Yaya, Pierrick, d'autres *shifteux* dont je ne me rappelle plus les noms. Mais c'est Abou qui est le premier venu me demander des nouvelles – Abou alias « la Machine », Abou, un bon mètre quatre-vingt-dix, droit devant moi, Abou amaigri, mirettes sèches, joues creusées par ses soixante heures de route hebdomadaires. Alors vieux, ça dit quoi ? Ça faisait mille ans – et Abou, après une tape amicale sur l'épaule, m'a fait la synthèse des événements. La veille, Élio, dix-huit ans, fraîchement promu coursier, s'était mangé un camion en bordure de périphérique et fait traîner sur une centaine de mètres. Qu'est-ce qu'il foutait dans une putain de zone industrielle ? Comment avait-on pu l'envoyer au casse-pipe ? Dans un premier temps, il avait atterri au CHU, en soins intensifs – tu te rends compte ? Dans le coma pour un McDo, soulignait Abou. Maintenant Élio était mort. Décédé. Putain de *dead* – Abou se signait en levant les yeux au ciel. L'application venait de publier un communiqué. Aride, lamentable, jurait de rage Abou, face à quoi la Flotte descendait verser sa colère dans les rues de Lille et même un peu partout en France. Ensuite Abou m'a laissé dans la cohue grimpante, abasourdi. Son portable sonnait, il devait me laisser, on se capterait plus tard.

Le trafic était maintenant paralysé et de plus en plus de monde affluait rue Nationale. Je t'ai retrouvée par hasard dans la foule, Martha, tu étais dévastée, le rimmel coulait sous tes yeux verts. On s'est embrassés, guidés par une simple pulsion mécanique et, avant que tu ne te volatilises à nouveau dans la masse, on s'était dit qu'on allait rester par-là, ensemble, pour honorer la mémoire d'Élio. Au nom de notre passé commun ; car une boîte de McNuggets ne valait pas la vie d'un homme.

À une poignée de mètres du Subway, perché sur une estrade de fortune, un homme s'égosillait au mégaphone, hurlant sacrifiés, chair à camions, blessés, meurtris, tués. Ce haïku sonore, c'était l'œuvre de Pap, un quadra issu de la première génération de livreurs, respecté pour son militantisme dans le milieu. On s'était souvent croisés à vélo, de mon temps. Pap livrait un traité d'économie façon sirène braillarde. De quatre euros cinquante, on descendait à deux euros soixante-dix, bruts, moins que les frais de livraison client. Ça avait encore chuté. Avec vingt-deux pour cent de cotisation sociale, à charge exclusive, oui, à leur charge, ça faisait sept cinquante de l'heure. Nets. Moins que le Smic. Si ce n'était pas de la provocation ça ? Du manque de respect ? Les grèves allaient se multiplier, jurait Pap à qui mieux mieux dans l'entonnoir à décibels. Géolocalisation coupée, déconnexions éclairs, refus massifs de prises de commande, la coopérative des *bikers* donnerait bien du fil à retordre aux plateformes. Jusqu'à remonter au gouvernement, Bruxelles, le Parlement européen, légiférer, jusqu'à les achever, ces multinationales monstrueuses. Pap était redoutable en efficacité. Vers l'action violente ? Pour l'instant, non, prévenait-il, mais s'ils n'étaient pas entendus, hélas, ils y viendraient, c'était inexorable.

L'heure avançait, je voulais vite crocheter par Monoprix et faire deux trois courses pour l'apéro. Martha, tu étais introuvable, mode silencieux, tu ne répondais pas. Je me suis dit que j'avais joué le jeu. Fait acte de présence. Et je me suis donc décidé à quitter la procession. C'est là qu'Abou m'a hélé. Il ne m'avait pas vu depuis si longtemps, Abou, ça lui faisait vraiment trop plaisir de me voir, j'avais l'air en forme, il se demandait parfois si j'étais parti vers de nouvelles latitudes, je lui avais dit merci mon pote puis expliqué que depuis le temps c'en était fini pour moi, en fait, que j'avais trouvé un meilleur filon, et là Abou m'a regardé avec ses billes ébène et je me suis d'un coup senti jugé avec froideur. Jugé pour mon détachement de la Flotte, jugé par contumace pour m'être sorti de ce marasme, seul, perso, enfui, sans le prévenir ni lui ni personne. Il était vrai que j'avais cessé d'émettre du jour au lendemain. Que j'étais arrivé au *mystery shopping* par accident. Ah ça c'est sûr que t'as disparu des radars mon pote, m'a-t-il égratigné. On t'a cherché partout avec Yaya et Omar. Et en fait t'étais pas parti sur Paris alors ? T'es au courant pour Zied ? Il va se marier cet été. Avec ses sous-entendus, Abou me fait culpabiliser de m'être donné les chances de tourner la page.

Alors ouais un meilleur filon ? m'a ensuite demandé le procureur, d'un ton inquisiteur. T'as déjà entendu parler de PMGT ? j'ai amorcé – à la base c'est une appli – mais il ne voyait pas. Ça ne lui disait rien. Aucune curiosité. Aucun embryon d'étonnement. Ça ne l'intéressait pas en réalité et je voyais surtout le mot « traître » se dessiner sur ses lèvres. Abou me méprisait en caressant son téléphone rouge comme s'il détenait les codes nucléaires. Puis l'air de rien, il a sorti une pile de tracts fluo qu'il a commencé à flanquer dans la pince du moindre olibrius à portée de bras. Il avait mieux à faire que de perdre son temps avec un renégat. On était désormais décalés. Mais ça m'a agacé. Alors puisque tout vrillait, j'ai engrené, pourquoi toi, Abou, j'ai fini par oser, pourquoi toi tu t'obstines à pédaler ? Franchement ça faisait encore plus flipper qu'avant, non ? Il y avait de quoi déchanter. Est-ce que ça en valait encore la chandelle ? Entre toi et moi, je lui ai confessé, Abou, perso je me fais plus de thune sans prendre de risques. À ce tarif-là, le nouveau, là, celui dont parlait Pap, eh bien je préférais partir bosser au Lavomatic. Ou même, à la rigueur, faire la plonge à l'Hippopotamus. PMGT m'avait fait ouvrir les yeux sur ma condition d'avant, quand je me fracassais le crâne en pensant à l'algorithme. PMGT, à sa place, j'y jetterais quand même un coup d'œil. Abou grimaçait. Je lui disais ça comme ça, c'était juste pour lui. Et c'est là qu'il m'a blessé. Non justement, m'a-t-il opposé, non mon pote, c'était au contraire pas le moment de flancher. C'était maintenant qu'il fallait se battre. Ensemble, en coopérative. Pour reprendre le contrôle. Construire une alternative à la libéralisation du monde du travail. Car rien n'avait bougé. La plateforme, la non-qualification salariale, les tarifs à la baisse, la sous-location de compte aux situations irrégulières, la même obsession en boucle bref, le lamento habituel des coursiers victimaires. Pap le chantait à merveille au porte-voix, ils pédalaient pour manger, pas pour se faire bouffer. Abou demandait juste un truc : la mise en place d'un tarif minimal et garanti, fixe. Décent. J'ai fini par le couper dans son élan. Je devais y aller. Et sans transition, je lui ai souhaité une bonne continuation. J'ai senti qu'Abou était à vif, triste et colérique. À deux doigts de m'en coller une. Ouais, c'est ça, putain mais c'est trop facile de s'éclipser alors qu'on va de l'avant, nous, m'a-t-il répliqué d'un ton laconique et j'ai failli lui dire attends attends Abou, mais ce « nous », là, que tu as scotché sur le bout de la langue, ce « nous », qu'est-ce que ça signifie, au juste, tu m'expliques ? Que c'est la révolution ? À part te plaindre, que fais-tu pour remédier à tout ça ? Qu'est-ce que tu as à voir, toi, *éveillé* avec la dernière pluie, avec les sans-papiers qui *shiftent* en sous-comptes ? Tu me fais rigoler avec tes prospectus « non à la précarisation », *mon pote*. Rien de tout cela n'est évidemment sorti de ma bouche mais Abou a tenu à me montrer une image sur sa *hotline* de poche. Vite fait. Attends, juste une dernière chose, m'a défié Abou. Une minute. Regarde, au moins, ça c'est réel. Regarde. Après je te laisse – chacun était libre, me rassurait-il d'un air offusqué.

Il s'agissait du corps d'Élio, photographié sous les néons cafardeux de la morgue. Le cliché était net, quoique en basse résolution. Le portrait glaçant d'Élio. Jeune, cireux, bleu mort. Comment avait-il eu accès à ce document ? À cette peinture insoutenable ? J'ai essayé d'ajouter un mot mais ma mâchoire s'était bloquée. Je me suis mis à chercher une bouée de sauvetage dans la foule. Fourmillement de nausée. Palpitations cardiaques. Martha, de grâce. Abou, lui, marmonnait une prière sibylline en épongeant sa conjonctivite au mouchoir. Et nos regards aux éclats mouillés ont fini par se recroiser. Un ange passait. On s'est fixés durant une longue poignée de secondes silencieuses, œil tranchant, estomac noué, jusqu'à ce qu'une sidérante détonation retentisse au loin. On aurait cru qu'un avion de chasse décollait du granito de la Grand-Place. Effrayé par une réplique grenadière, j'ai ravalé mes larmes naissantes et, saisi de haut-le-cœur, j'ai craché au sol et me suis tiré au Monop' sans saluer.

Si je te raconte ça, Martha, c'est parce que les nuits qui ont suivi la mort d'Élio ont été atroces. J'avais beau essayer d'y couper, je me payais cauchemar sur cauchemar, à chaque fois ce camion qui venait nous frôler, toi et moi, dans un vélodrome André-Pétrieux fantomatique et sans issue. Une force centrifuge tentaculaire me saisissait l'estomac alors que les phares du poids lourd nous éblouissaient dans le grand virage de béton et je me réveillais en sueur pour ensuite passer mes insomnies aux côtés d'un jeune cadavre qui me fixait sans ciller. Élio me désignait coupable de son sort parce que, moi, je vivais. Parce que mon sort s'était joué à quelques centimètres et que, dans ma nouvelle corporation dédiée à l'action corrective – soit mettre en lumière les insuffisances ou les comportements fautifs des salariés –, je feignais d'avoir oublié ce détail.

Le problème, c'est que je ne m'en suis pas alarmé à temps. J'ai maquillé mon bouleversement dans un sentiment de redevabilité. Ce que je me disais, c'est que sans PMGT, j'aurais pu finir en bouillie, moi aussi. Traîné sur cent mètres. Putain de *dead*. Avalé, digéré, puis oublié. Alors, plus que jamais, pour contrecarrer ce prisme morbide, je me suis senti obligé de ne jamais décevoir Anne-Sophie dans mes rapports *pipipi* – elle seule m'avait fait confiance dans la jungle de Walk&Rate et m'avait tendu la main.

Les matins je me sentais fébrile, les jambes en plomb, mais j'ai tout mis sur le dos de la saison : pesanteur blanchâtre des cieux, pluie continue venant d'Angleterre, tonus grippé par la répétition de cycles de jours sans lumière. J'arrivais simplement au hub un peu plus tard, un peu plus fatigué que la veille, un peu plus à cran, un peu plus caféiné – la découverte du robusta coupé au Nurofenflash 400. PMGT planchait sur le dossier Centers Nature, la chaîne de complexes tourisme et loisirs dont Anne-Sophie nous rebattait les oreilles : les vingt-quatre parcs de vacances en Europe, les six cents millions de chiffre d'affaires, la croissance insolente et ce nouveau site au bord d'un lac, non loin, dans l'Aisne, pour lequel nous pouvions décrocher la gestion exclusive de l'audit qualité tourisme. Cent quarante hectares à rentrer dans le portefeuille *B to B*, huit cent soixante-deux cottages de style canadien, quatre bars, un complexe aquatique, cinq restaus, un dix-huit trous, un accrobranche et six cent cinquante emplois, c'était du très lourd et une finale, nous rabâchait Vitelotte, une finale ça ne se joue pas, ça se gagne.

Avec la menace permanente des *reportings* devenus quotidiens, le *pump* promis n'est pas advenu et le hub, en bouclage Centers Nature, pestait maintenant sur Pierre-No. Attendez, on postillonne face à la tempête, grinçait l'oracle incriminé. Alors que tout ça c'était du macro, du volatile ; en définitive la crypto était là. Il fallait bien le croire. L'heure était juste au repos. Une cryptodétox d'une semaine sonnait pour tout le monde, lui compris, petite sieste salvatrice après le poulet fermier du dimanche. Déconnecter de la cryptosphère le temps de faire atterrir le porte-avions, nous disait-il d'une voix en chute libre, avant de repartir en rase campagne, *mindset* conquérant, glaive en l'air, investissements fusées. Car à en croire les courbes paraboliques, le marché allait exploser à la hausse, on allait revenir dans sept jours juste pour récupérer nos bénéfices à plus savoir quoi foutre. Sans valeur d'ancrage ça monte, ça baisse, prononçait d'une voix timide Pierre-No, tout pâlot devant le parterre de talents. Oui on était dans le rouge. Mais *no pain, no gain*. Regarder court-terme, c'était l'erreur – c'était souvent la dernière clé du trousseau qui ouvrait la porte. Deux, cinq, dix ans, *mindset* long terme : acheter, *holder*. Hors de question de sortir ses gains puisque le succès n'était pas une destination – c'était un voyage. Ça grossirait.

En dépit de la leçon, mes cinq cents euros placés constituaient toutes mes économies et une pression supplémentaire s'est doucement installée sur mes frêles épaules. Je buvais quantité de café au goût de gomme brûlée mais l'élan n'était plus là. Parti, avec Élio et les rendements promis. La seule chose qui me faisait tenir, c'était de ne penser à rien de précis et de vivre au jour le jour, car si je commençais à mouliner c'était trop dur.

Bras ballants vers le hub, mains dans les poches, viser juste est devenu lorgner le moins mal. D'autant qu'Anne-Sophie me faisait reporter les activités les plus à même de satisfaire *business* et *consumer* : amuser la famille durant sa journée à Centers Nature et alimenter les caisses de l'établissement en facturations de surcoûts – l'idée reine de ces procédures sans substance étant que le client dépense le plus possible à l'intérieur du saint domaine. Parcours Adventure, Kayak Kings, Birds Wire, Hammam Academy, Segway Drift, Escape Room, Mini-Ferme, AquaWorld, des bons plans adaptés pour de purs moments de recentrage. Centers Nature, boxait Anne-Sophie de long en large du *bench*, Centers Nature devait bien se foutre dans le crâne que nous étions les meilleurs quand il s'agissait de tangibiliser au maximum son activité. Les autres concurrents, là, jurait-elle, ces petites couilles molles allemandes, on leur péterait les jambes façon tacle assassin. Tout le monde *okay* ? Et quand ils seraient au sol, alors on commencerait les négociations. En gros, en bon *customer insight*, j'effectuais religieusement des *reportings* d'activités tarifées, comparais les taux de remplissage d'un parc à l'autre, lisais d'interminables rapports d'enquête sur les cottages VIP – salons avec cheminées, fausses bûchettes, téléviseurs écrans plats LCD, canapés en « U » – et parfois, j'avoue qu'en milieu d'après-midi, somnolent devant un énième *pipipi* standardisé, je me surprenais de plus en plus à m'imaginer debout sur l'un de ces gyropodes monoplaces le long d'une piste boisée en bord de lac. Alors je fermais les yeux et penchais mon corps harassé vers l'avant ou sur les côtés du deux-roues électrique ; manche de maintien, conduite stable, allure modeste derrière mon ordinateur, je me laissais porter en douceur jusqu'à la soirée.

Attends mais c'est aussi ça de bosser, tempérait Martha, quand j'ai commencé à me plaindre de ma fatigue chronique. Selon toi, Martha, je me devais de rebondir en ballon de basket vissé sur ressorts. On était tous sommés de remonter à la surface. D'avoir la niaque. De se développer. Martha parlait d'orgueil vital, de résilience, de puissance d'agir, d'énergies positives. Et puis, en outre, je n'avais pas son stress de patronne, moi. D'ailleurs est-ce qu'elle se plaignait au quotidien, elle ? Pas à sa connaissance, tranchait Martha, indignée, en retirant les intestins d'un énième poulpe frotté au gros sel. On n'avait pas les mêmes responsabilités mais la même obligation de résultats – mon réquisitoire de défense se murait dans un silence de céphalopode. Certains soirs, j'avais la douloureuse impression d'entendre une conférence d'Anne-Sophie dans notre cuisine. On n'allait pas faire la fine bouche, si ? Moi, j'avais beau suivre les directives, être déterminé, l'ennui fauchait sans sommation. En prime de mentir dans mes rapports périodiques, je culpabilisais de ne pas arriver à me débarrasser d'Élio et de retrouver l'*élan*. Et bien sûr, la bombe est tombée et l'édifice s'est craquelé.

XX

Je me réveille aux aurores, englué dans la vase d'un sommeil de sédatif sans ordonnance. Martha est collée derrière moi en chien de fusil. Elle dort encore profondément, ses cheveux semblent flotter en épaisses méduses noires à la surface de l'oreiller. Je me penche sur elle, retiens ma respiration, scrute ses légers bruits de lèvres et sa poitrine ondulant souplement sous nos draps ; une délicieuse mise au point qui me tire de ma torpeur matinale. Aujourd'hui, c'est son anniversaire. Elle a vingt-six ans et je veux marquer le coup. J'ai emballé un cadeau et l'ai planqué sous le canapé – un couteau de maître sushi, forgé au Japon, au tranchant parfait pour le monde tentaculaire. Comme prévu, je descends du lit à pas de velours, direction la boulangerie et les croissants chauds.

Je me rappelle que c'est là, en sortant de la nouvelle franchise Rebuffat, que j'ai été interpellé par la colonne de vente de *La Voix du Nord*. Et que je l'ai vu, une première fois. Lui, cet homme aux traits tirés. Ce visage de couverture, pleine page, gros plan couleurs, cette bobine sombre familière qui semble, c'est inexplicable, dès cet instant, balayée du regard une fraction de seconde, vouloir me dire quelque chose. Mais je suis pressé par l'impératif. Martha va se réveiller et les croissants sont sortis du four, je trace d'une foulée mécanique vers l'appartement avec l'étrange impression de connaître déjà cet autre qui s'affiche en une. Ces impressions passagères se dissipent toujours, je me dis, c'est une brève illusion, banale, comme on en a tous, comme parfois on a le sentiment d'avoir déjà vécu une situation antérieure. Mais le doute s'immisce au fur et à mesure que mes pas s'éloignent de la boulangerie : ce visage me rattrape et je pressens que je ne lui suis, disons, pas totalement étranger. Qu'on s'est déjà croisés. Connus, en vrai. Mais alors où ? Quand ? Par quel biais ? Ça, impossible d'y répondre sur le coup. J'arrive en bas de l'immeuble mais mon cerveau s'embrouille autour de ce mec sur le journal. Je l'ai à peine regardée, mais cette image m'aimante. Je le connais, c'est sûr. Mais d'où, déjà ? Je l'ai sur le bout de la langue. Ça m'agace, ce trou de mémoire, d'autant qu'avec la fatigue constante j'en subis de plus en plus, ces derniers temps. Ça me rend fou. J'hésite devant le digicode mais finis par entrer dans le hall. Je m'y frotte les yeux après avoir posé les viennoiseries sur le bloc de boîtes aux lettres. Putain, j'enrage, mais c'est qui ce type ? Martha est au troisième, pile au-dessus de moi. Je dois toutefois creuser la piste : sachet tacheté de beurre sous le bras, je décide de résoudre l'énigme et mets le cap sur le tabac-presse de la Grand-Place pour en avoir le cœur net.

C'est au kiosque que je mesure l'ampleur de l'événement : déjà, à première vue, la presse régionale n'est pas seule à mettre en lumière cet inconnu. Ensuite, en titre de deux quotidiens nationaux, mis en pages d'une structure semblable, ce même nom se déploie sur un portrait reproduit en noir et blanc et cette tête a encore un air de déjà-vu. On parle d'ailleurs d'une *affaire* et c'est en feuilletant les premières pages d'un dossier exclusif hebdomadaire qu'un premier haut-le-cœur me terrasse. Non seulement je découvre à cet instant que ce pauvre diable s'est jeté sous un train aux abords de la gare Montparnasse, mais surtout qu'il a laissé derrière lui une note par laquelle vient le scandale. Ce visage, c'est celui de Fabrice Ravier, et Fabrice Ravier, je peine à articuler logiquement en tournant les pages de papier glacé, c'est l'agent C.

La mission Scalp, Calais-Paris, l'agent C, les chaussures, la photo dans le wagon-bar, la prime de huit cents euros garnissant mon compte, tout cela me gifle en pleine poire. Le sang germine des bulles libérant un gaz soufré, cogne mes tempes. L'*Affaire Ravier* maintenant. L'agent C, mort, suicidé sur rails. Je suis circonspect. Qu'est-ce que c'est que cette histoire ? Une enquête de police est en cours, je lis, un brin épouvanté, tandis que les langues, elles, se délient et qu'un juge d'instruction recueille leurs paroles à la pelle. Les articles évoquent climat délétère, surdité hiérarchique, omerta, sonnette d'alarme. Car Fabrice Ravier n'était pas un cas isolé mais une victime de plus d'un management moyenâgeux. Car la face immergée de l'iceberg ressortait à la surface. La rumeur de l'existence d'un réseau de partenaires sous-traitants complices était sur toutes les lèvres : des cheminots avouaient par centaines s'être vus notés à leur insu et reprocher le manque d'agressivité commerciale qui les avait conduits dans un terminus psychique quand, de son côté, l'entreprise ferroviaire assurait mettre en place des actions concrètes de prévention et d'assistance pour ses salariés. Sans faire son mea culpa, il était, plus que jamais, dans ce nouveau monde lié aux restructurations du pacte ferroviaire, de son devoir d'accompagner chaque collaborateur et de trouver la solution qui lui convienne.

Je suis resté planté au beau milieu de l'allée papeterie, droit comme un « i », paralysé, incapable d'émettre un son ou même de déglutir, quand la douleur, elle, a commencé à se manifester dans mon estomac. Elle fourmillait en points épars et j'étais là, perclus, une coquille vide, impuissant. À ce moment-là j'ai, étalée devant moi en éventail, toute la presse consultable à ce sujet. Ça va ? je ne vous gêne pas j'espère, me lance le buraliste d'un regard noir. Puis la sonnerie de mon téléphone me tire de cet état neurovégétatif. Martha. Un SMS en lettres capitales – BRAVO ! / JE SUIS PARTIE DU COUP / #JOYEUXANNIVERSAIRE / #GROSNAZE – me fait réaliser qu'il est neuf heures et demie passées. Les croissants. Le paquet-cadeau. La déclaration d'amour contrariée. J'ai merdé sur toute la ligne et l'affliction abdominale se propage dans tous mes muscles. L'agent C est mort. Et moi, dans tout ça ? Et moi, quel lien ? À quel moment ? Je dois me traîner au boulot alors je me mets à masser ma carotide avec vigueur pour chasser les reflux d'angoisse, et c'est plié en quatre que je parviens à m'extirper du kiosque sous la pluie d'insultes du détaillant.

À part les commerciaux suffoquant dans leur bocal, Pierre-No et Kenza tapis au fond de leurs écrans sous les plantes grasses, il n'y a pas encore grand monde au *bench* en cette matinée – je peux m'affaler dans un pouf, à l'entrée. J'ai besoin de crever l'abcès mais il m'est impossible d'évoquer le sujet aux *full stacks*. Dans le creux de polyester, ma difficulté à respirer s'accroît quand je fais l'expérience, thorax comprimé, de tomber sur le répondeur de Martha. Je n'ai personne à qui parler. Fabrice Ravier est mort, voilà, je me résume en boucle, Fabrice Ravier, mort, donc, voilà, l'agent C est mort. Puis ses vieilles pompes claquées, son franc sourire, la photo sans flash, le Perrier accoudé au bar, tout ça me revient sans filtre et d'un coup j'ai l'impression d'avoir du sang sur les mains. La nervosité me fait tressauter la jambe. Il faut que je me calme. Je ne l'ai tout de même pas envoyé à l'abattoir, merde. On respire, je me dis, on se calme, on ne se prête pas plus de pouvoir que l'on en a, on respire un coup mon grand. J'ai beau essayer de m'avancer sur mon *pipipi*, c'est rédhibitoire. Alors je guette l'arrivée d'Anne-Sophie au fond du pouf en me connectant sur mon laptop.

En ligne, il y a beaucoup de matière en libre accès. J'ai besoin d'en savoir plus. De me convaincre que je n'ai rien à voir avec cette fichue tragédie. Et en recoupant les différents comptes rendus relatant l'ultime nuit de Fabrice Ravier au centre d'hébergement du personnel roulant de Bagneux, je commence par imaginer assez sereinement sa silhouette dehors dans le smog ténébreux, fumant cigarette sur cigarette, titubant, appuyé contre la rambarde du balconnet avec, au niveau de la tête, ce point incandescent rougeoyant lors de ses bouffées et la flasque de whisky Label 5 qu'il tape au goulot pour tenter de dénouer le fil des événements. À commencer par cet étrange reclassement au technicentre de Châtillon-Bas, là où il ne connaît personne, une énième mobilité contrainte en Île-de-France, soudaine, une mauvaise nouvelle que je m'imagine annoncée à sa femme en bégayant, un nouveau poste qu'il se doit de prendre, pas le choix. Mais il a de la bouteille, il va tout regrouper en cinq sec, se rassure-t-il, c'est possible les horaires décalés dans les technicentres, c'est pas la première fois, ça va aller, lui répète-t-il, à sa douce, mais bref il n'a plus vraiment le choix après cette ultime mise en garde. J'avance dans la documentation : premier point, force est de constater que les dates concordent avec notre rencontre. Ravier a beau avoir demandé des précisions supplémentaires à sa hiérarchie, il a beau avoir prévenu son syndicat, ce sera resté lettre morte. Je gère, je me dis à voix basse, je gère c'est bon, on redescend, souffle, c'est juste le hasard des dates et puis c'est tout. Quelles preuves, en plus ? Ha voilà on y est, non mais attends, je mâchouille, j'allais quand même pas m'accuser de la stagnation de sa carrière. Alors je poursuis ma lecture les mains moites. Donc Châtillon-Bas, une semaine après mon portrait de pieds dans le Paris-Strasbourg, Châtillon-Bas où il se doit de prouver qu'il est encore motivé pour être de la partie mais où il n'a, à vrai dire, selon les commentaires en pied de page, réussi à trouver ni le sens ni d'accroche, ainsi isolé au fond de ce couloir, placardé derrière cet ordinateur déballé pour son poste : une bécane qui le tétanise à l'allumage (est-ce ma faute ?) et dont il ne se sert que d'un doigt tremblant pour scanner toute la sainte journée des fiches de médecine du travail, des notes de réunion, des notices techniques de démontage de pantographes. Et un matin, second point, il lit sur l'écran la notification de sa mise à pied suspensive en vue d'une convocation en conseil de discipline. Peut-être que tout le monde était au courant des changements qui l'attendaient ? J'avoue que j'ai du mal à l'avaler, cette hypothèse. Je déchiffre les paragraphes, pressé de savoir la suite – mais putain, je rabâche, englué à chaque fin de ligne, putain mais c'est pas vrai quoi, je ne peux plus respirer alors que je n'ai rien à me reprocher. Ravier se rend au siège tiré à quatre épingles, décidé à plaider qu'il reste un bon élément – moi je sais que c'est un employé dévoué, je ressasse dans ma tête, un homme investi, expérimenté et par-dessus tout fidèle à la maison depuis trois décennies ; il en ressort licencié sur-le-champ et je suis de plus en plus terrifié.

Alors Fabrice Ravier se dit qu'en partant comme ça, sans indemnités, sans pot de départ ni taux plein, l'honneur jeté en pâture, les projets de retraite plan-plan anéantis, c'est la catastrophe de trop et moi je commence à me dire que peut-être, oui, il y a corrélation. Car il a la certitude que sa femme ne va pas supporter. Elle va partir, j'essaie de m'innocenter, il le sent, au fond de lui. Et l'ordre des choses allant ainsi crescendo, Ravier se voit seul, croupissant au fin fond de la maison de Crépy-en-Valois. À quoi bon ? J'essaie de garder la tête haute au fond du pouf mais ma nuque se raidit quand Fabrice écrase son énième clope contre la rambarde, lave d'un cul sec le Label 5, tire la porte coulissante et entre dans la cuisine, où il s'assoit à la table commune pour foutre à la poubelle les deux quilles de rouge et la piémontaise qu'il s'est envoyées à son retour du siège. Puis il passe un coup d'éponge sur la nappe cirée jaune paille aux liserés logotypés de l'entreprise ferroviaire et se met à écrire tout ça, en vrac, frénétiquement, sur l'application bloc-notes de son téléphone. Fabrice envoie la note à tout son répertoire puis passe en mode avion. Ça y est, je me sens profondément responsable. Quel cauchemar. J'ai chaud, j'ai envie de vomir, j'ai besoin d'expulser : il est près de quatre heures du matin quand Ravier se décide à sortir prendre l'air dans la nuit sans nuages. La caméra de surveillance le suit, il prend à gauche un embranchement, contourne un hangar de stockage de condiments et passe sous un escalier de service. La silhouette infrarouge disparaît ensuite du cadre. Le reste est écrit noir sur blanc dans tous les journaux. Suis-je coupable par ricochet ? Au passage à niveau, Fabrice Ravier laisse son portable, sa casquette et son Pass Carmillon sur le bitume et vient se poster derrière la barrière de sécurité. Je sens que je vais craquer. L'afflux sanguin est tel qu'il a la saveur de clous qui s'enfoncent dans mes tempes. C'est là, adossé au grillage devant le vide, buste droit, qu'il se maintient à la verticale. J'apprends qu'il s'est cramponné ainsi une bonne heure et, dans l'indifférence high-tech du *bench*, j'éclate en sanglots : Fabrice ferme les yeux ; lâche tout au passage du premier OuiGo pour Rennes.

Les talons aiguilles d'Anne-Sophie ont résonné vers onze heures et, d'office, je leur ai mis le grappin dessus. J'ai braillé le nom de Fabrice Ravier devant tout le monde. Cash. J'avais vu, lu, *savais*, putain mais c'était quoi ce bordel ? Putain on l'a tué ou quoi ? j'ai lancé à Anne-Sophie qui, d'un regard halluciné, m'a illico traîné par le col dans notre bunker d'isolation phonique. Là j'ai pris une sacrée ration. Ça n'allait pas bien de crier comme ça ? *Popopop*, Anne-Sophie claquait des doigts sous mes yeux. D'une, je n'avais aucun lien avec cette histoire vu que j'avais suivi le code de déontologie de la profession. Et puisque j'avais lu la presse, le *leak* des informations, c'était du vent, foutaises, *fake news*, je n'avais pas de souci à me faire. Mais alors aucun. Ma manageuse m'a fait m'asseoir, boire un verre d'eau sucrée et a ensuite tenu à me confesser que ce Fabrice Ravier, là, il avait eu un parcours de professionnalisation désastreux depuis des années. On le savait fragile, hélas. Souffrant de dépression, il avait frôlé l'inscription en travailleur handicapé à la Cotorep avant d'embrayer sur un arrêt maladie long courrier. De source sûre, m'a dit Anne-Sophie, vu les notes qu'il avait laissées, et sur la base de nombreux documents auxquels elle avait eu accès ces derniers jours – ben oui bichon ça allait sortir, tous les coups étaient permis dans les finales d'appels d'offres, qu'est-ce que je croyais ? Ravier ? C'était l'œuvre des minibites teutonnes. L'*affaire* supposée ne durerait pas, m'a-t-elle assuré, roulant des yeux, droite dans ses talons, tout cela serait vite classé. Oh oui, son geste avait été prémédité. C'était fatal, bien sûr. Regrettable. Terrible, évidemment. Fabrice Ravier s'était abandonné lui-même. Suicidé oui, il ne fallait pas avoir peur des mots. Aussi, d'une certaine manière, c'était un peu brutal de dire cela comme ça, a fini par expliquer Anne-Sophie, mais que pouvait-on faire face à ça ? Face au libre arbitre humain ? Résolument rien.

Maintenant, m'a concédé Anne-Sophie, PMGT était allé vite – trop vite – avec moi et avait sans doute brûlé les étapes. Pour au final révéler un excellent élément. J'avais du talent. De la précision. J'étais fiable. N'étais-je pas fiable ? En tout cas, ici, au hub 59, elle serait ravie de me faire monter sous son aile. Elle me le répétait, pour progresser dans le métier, il fallait parfois alterner, changer de cycle. Est-ce qu'avoir plus de responsabilités me ferait peur ? Est-ce que je pensais avoir la carrure ? Gérer plus de pression ? Gravir des échelons ? Midi, Anne-Sophie a tenu à ce que je rentre chez moi. Repos obligatoire pour mieux revenir, *focus*, dès le lendemain. On reparlerait à tête reposée. Là ce n'était pas la peine.

XXI

C'est sur le retour à l'appartement que j'ai pris peur. Aux abords de la gare Lille-Flandres plus précisément, j'ai commencé à me sentir épié, visé, sous une menace intangible. Alors je me suis enfoncé dans la foule le long des quais. Mauvaise idée : il y avait là le recueillement de la grande famille du chemin de fer français et sa présentation des condoléances aux Ravier. Soit cinq syndicats. Plus le Comité d'hygiène, de sécurité et des conditions de travail au grand complet. Ensemble ils se tenaient en cercle pour rendre hommage à Fabrice, à sa vie éternelle, son combat, le leur, à tous, lutte qu'ils promettaient de continuer, et pour dénoncer des siècles et des siècles de violence patronale (amen). Pire, les annonces des trains dictées par la robotique voix du rail ont commencé à me prendre pour cible – le TER Hauts-de-France, en provenance de Béthune, allait entrer en gare et risquait de déverser une imminente pluie de haine non raffinée sur moi. À ce train les patrouilles de militaires darderaient bientôt leurs fusils d'assaut vers moi, leurs gros chiens m'aboieraient dessus avant de se démuseler pour me mordre la cuisse. La voix du rail continuait ses avertissements.

Dam, dam, da-dam, le TER Hauts-de-France, en provenance d'Hazebrouck, s'annonçait voie 10 et me ferait passer le goût du pain devant le Relay. J'entrais au Palais des thés puis à la Fnac où la télévision en continu diffusait une conférence de presse improvisée sur le perron de la Pitié Salpêtrière. L'agent B, livide, bégayait le nom de Fabrice Ravier face à une marée de micros sans fil. Et la boucle programmatique d'annonces s'est mise à me donner des ordres. Plus exactement, à essayer de m'exproprier de mon propre corps : étrange phénomène, je m'en rends compte désormais, mais sur le coup elle tentait de s'en emparer, de ma substance, de piloter mon raisonnement, de se propager en moi et de prendre possession de mes actes. J'errais au sein de Lille-Flandres mais sans maîtriser mon parcours. Je me voyais évoluer dans l'espace commercial mais de l'extérieur, flottant et nébuleux – une séquence filmée au drone dont j'étais tout à la fois acteur et spectateur passif. Pour la sortie vers la vie, veuillez emprunter la passerelle métallique au-dessus des rails, résonnait ce timbre désormais plus grave de logiciel qui ne me lâchait pas les basques : suivant les instructions, je me suis réfugié au McDo, où le gang des parkas s'est, à son tour, mis à lever ses cannettes de tue-clodo à mon passage. Dents gâtées, Filet-O-Fish froids, les zonards en treillis me postillonnaient dessus en faisant la ola, c'était l'enfer. N'ayant rien avalé depuis le poulpe à la galicienne de la veille, j'étais désormais sur la ligne de crête du malaise voyageur. Le jingle *dam, dam, da-dam* se réverbérait constamment dans l'air, plus ralenti, sombre et hanté qu'au début. Maintenant il me fusillait le cerveau. Mon cœur palpitait dans la senteur des frites et des centaines de cheminots envahissaient le parvis. J'étouffais. Et céans, les crampes se sont remises à me lacérer les viscères. Martha, toujours sur répondeur. *Dam, dam, da-dam*, force majeure, ni une ni deux, réflexe, j'ai appelé le centre médical d'urgence à côté de chez ma mère. Il y avait parfois des disponibilités de dernier moment et en métro, depuis les gares, c'était ligne directe. Coup de chance, il y avait un créneau.

J'ai donc gagné ce vieux pool urgentiste de Roubaix que je connaissais si bien. Toute ma famille y était passée en long, en large et en travers. Trois catégories de patients bien distinctes ici. D'abord les appareils locomoteurs inaptes, majoritaires, secteur où se rangent sportifs déchus, exploits de carrière explosés et rêves olympiques brisés. Ensuite l'aile des crânes fracassés – carrelage de piscine, os charpie de fêtards gisant dans des bas-côtés et, pour finir, la section chantiers – tendons d'Achille sectionnés, garagistes au dos en compote, rachis lombaires bétonnés et autres gugusses obsolètes. Que de la carlingue qui avait douillé en somme, du moteur usé, des vieux transpalettes, je médisais, désormais là, de retour, somnolant dans cette immense salle d'attente face à cette adolescente au nez explosé – en respirant, je l'entendais jouer du pipeau avec son cartilage. En plus de la douleur, j'avais honte, en fait. Honte de me voir échouer là, parmi toutes ces vieilles briques sentant le pain brûlé, comme si j'étais responsable de la sortie de piste de toute cette faune avec laquelle j'avais grandi. Sur le coup cette colère m'a requinqué. La voix du rail s'était tue. J'ai voulu abréger et minimiser mon temps de présence.

Tirez un peu la langue pour voir, jeune homme, m'a dit le docteur, qui a jugé que j'étais pâlot. Alors qu'on procédait au contrôle technique – comment ça va au travail ? –, à la simple évocation d'une résurgence d'insomnies et d'un peu de mise sous pression au bureau ces derniers temps, même si c'était l'hiver, la petite déprime, les crampes du matin, le manque de vitamines, le fait que j'avais un peu grossi aussi, abracadabra, le docteur, qui m'examinait à cet instant le fond d'œil, m'a coupé pour établir un point diagnostic. Quelques troubles de la concentration ? Oui, parfois, j'ai répondu, évasif. Surtout le soir, en rentrant quand – d'accord, il avait saisi le problème. Le docteur a posé son stylo-lampe, sorti son bic sur-le-champ et le calepin à carreaux pour me dessiner un croquis de maternelle. On avait tous une pédale d'accélérateur, ici, et l'autre, là, pour freiner, d'accord ? Voilà. Je surproduisais du glutamate corrélant un trop bas niveau de gaba, d'accord ? D'où l'hyperanxiété qu'il avait tout de suite devinée. D'où sa prescription de benzodiazépines pour trois mois, zoplicone, diazépam, avec ceci d'autres mignardises aux noms étripant l'alphabet – il ne prendrait aucun risque avec moi. Ça allait me remettre en selle. En sortant de la pharmacie, je me trimballais un petit paquet de smarties multicolores sous le bras jusqu'au métro. Petites pilules bleues, mini rouges, propranolol d'inhibition, de quoi faire baisser la tension et réguler ce glutamate.

La centrifugeuse chimique m'a tout de suite aidé à m'abrutir et, je dois dire, de manière très satisfaisante. Comme ma mission Scalp tournait en boucle, comme le visage de Fabrice

Ravier me hantait, qu'une migraine cinglante s'était invitée à la fête et que je me traînais un début d'ulcère gastrique après l'anniversaire gâché de Martha, miracle, dès le premier jour, les benzodiazépines se sont chargées d'appliquer un grand pansement lénifiant sur ces fêlures d'encéphale. Des retrouvailles avec Martha, je ne me souviens plus de grand-chose. Ce que je peux situer, c'est que ce soir-là elle était rentrée tard et suffisamment saoule pour me réveiller d'un proche coma. Moi, j'étais au lit, lampe de chevet éteinte depuis belle lurette. Ce qui est sûr, c'est que j'avais bien mis en évidence le paquet-cadeau dans le salon avec un mot d'excuses. C'est à peu près tout ; en toute honnêteté sa voix n'a produit qu'un vague écho de bulldozer quand elle s'est glissée sous notre couette.

XXII

C'est simple : d'abord, je plongeais les pastilles dans le solvant pour les observer se faire attaquer par le gaz carbonique ; alors qu'elles se faisaient ronger dans un ballet de bulles, elles me semblaient à chaque fois être un peu comme moi, de petits ronds pâles en voie de désintégration dans l'ondulation de l'eau. Ensuite, pour abréger la situation, j'en avalais le suc d'une seule traite et allais le plus souvent me coller devant Rail TV, numéro un sur le train. En l'absence de Martha c'était, grosso modo, le programme de décompression du soir. Un rituel qui me permettait de passer un peu mieux l'éponge sur Châtillon-Bas et d'en apprendre plus sur l'histoire du chemin de fer. Je suis d'un naturel assez curieux, mais là, le plus souvent seul, j'avoue que si j'étudiais ce vaste sujet en piochant quelques benzos disposés sur la table basse, c'était dans le seul et unique but de me conforter dans l'idée développée par Anne-Sophie lors de son dernier retour *pipipi*. Celle du darwinisme ferroviaire qui explique le cas Fabrice Ravier en termes de rétablissement de démarche de progrès et de gage de confiance pour le consommateur. Elle n'avait pas tort ma manageuse. Les contrôleurs étaient inutiles, je serinais, tout juste bons à vérifier l'acquittement d'occupation des sièges. Automates-interfaces d'un service d'hôte, dernières roues du carrosse. Avec ses portiques d'accès automatisés, le train fonctionnait déjà comme un hypermarché de toute façon. Alors les contrôleurs à bord, à quoi bon ? J'avoue que j'avais eu le temps d'observer, durant mes trajets, à quel point ils étaient tous pris de haut par la majorité des usagers. À se faire tutoyer d'office entre leurs quatre murs métalliques. À se faire insulter. À flasher des codes QR à n'en plus finir, à débiter leurs formules de politesse au kilomètre, à demander au client de bien vouloir augmenter la luminosité de son écran et présenter sa carte de réduction Grand Voyageur Le Club. Pas le temps pour les fragiles, aurait dit mon oncle Jean-Jacques. Alors quand on sait précisément combien coûte l'entretien d'une ligne à grande vitesse, on apprend à réfléchir différemment – il faut s'extraire de la palette d'émotions primaires, autrement, on s'en sort pas, et à l'évidence, quand on secoue l'arbre, la pomme pourrie tombe. C'est donc en suivant cette logique et en rallongeant un peu plus chaque nuit la posologie de quelques milligrammes – cinq, dix, quinze, vingt, au feeling – que j'ai fini par me convaincre que j'avais peut-être, en plus, fait gagner du temps à tout le monde dans cette affaire. Je me devais juste d'être *focus*, pas déconcentré par de longs tentacules d'angoisse absurdes et inutiles. Je n'avais rien à me reprocher. *Basta*. L'action, tel que nous le formulons dans notre jargon, était justifiée par la nature de la tâche à accomplir, et proportionnée au but recherché.

S'il fallait m'y faire et vite et bien, à cette vérité, c'était aussi parce que Anne-Sophie m'avait promu *supervisor* Centers Nature, *head of feed-back* donneur d'ordres. Je recueillais les conclusions du parc de nos clients mystères et voyais, en expert certifié, en direct avec le commanditaire, les pistes d'amélioration à mettre en place. Plus de constance dans le suivi, moins de déplacements, un passeport biométrique flambant neuf vu qu'il y aurait, à terme, d'éventuels rendez-vous à prévoir un peu partout en Europe et au Royaume-Uni. Centers Nature *European Supervisor*. Martha et maman n'étaient pas peu fières de ma nouvelle promotion. On avait prévu un dîner à Roubaix pour fêter ça, faire les présentations. Bref, je devais assurer. J'étais attendu, ne cessait de me presser Anne-Sophie. Les boursicoteurs suivaient à fond.

Si j'ai pu jouer au petit laborantin, c'est bien sûr parce que Martha, à ce moment-là, n'était pas souvent là avec moi pour me recadrer. Poulpism avançait bon train depuis plusieurs semaines. Ça approchait. Les tables étaient déjà montées et la salle – bois clair lambrissé, *épuré* – quasi aménagée. Autant dire que Martha n'était plus disponible. Absente, jusqu'à nouvel ordre. N'habite plus à l'adresse indiquée. Mais ses fugues intempestives de Lille, je les devais surtout à ce grossiste de Folkestone installé en sortie du tunnel qui venait de rebattre les cartes. Sorti de nulle part, l'Anglais avait proposé à Martha un nouveau forfait encore plus attractif sur le poulpe, qu'il promettait acheminé frais chaque matin via un opérateur de fret axé sur Sochaux. Moins local, mais tentant niveau marge.

Dilemme vite tranché car avec ce bradeur de produits de mer, c'était *take it or leave it*.

Martha fait donc la navette entre Calais, la bordure d'Eurotunnel, ses travaux et je ne sais trop où dans la région. C'est dur. Elle serre les dents. Elle y est presque. Je suis si admiratif de sa pugnacité. On se retrouvera plus tard, m'a-t-elle promis. Il faut que je lui fasse confiance. Car oui Martha croit bien qu'elle m'aime elle aussi, mais là c'est charrette, et elle ne voit pas que j'ai baissé le store, que je suis avachi devant Rail TV dans l'obscurité ni que je laisse fondre ces génériques de zoplicone sur le bout de ma langue pour aplanir le vertige de cet homme que j'ai poussé dans l'abîme. Je veux avancer mais en vérité, je le vois maintenant, je n'y arrive déjà plus. Je ne suis pas dupe : c'est là, en moi, gravé au fer. Je me promets que j'apprendrai à composer avec mais pour l'heure je vrille comme une toupie. Chaque nuit, ma bile s'épanche en silence, mon cœur ralentit, mes doigts s'appesantissent et se calcifient. J'ai dîné du poulpe haché sous Tupperware et, à l'écran, l'archive d'un vieux train vapeur qui entre dans une immense gare échouée au creux des montagnes. Le parler monocorde de la journaliste annonce la thématique du soir et cette ampoule rouge m'emporte bientôt avec elle dans l'épais panache de fumée de la locomotive.

XXIII

Fabrice Ravier, Martha et moi marchons dans l'aube grise, le grelot d'un torrent comme seul complice. Chacun est dans sa bulle, progressant à son rythme à travers la forêt de conifères. Après l'étage de mélèzes, nous marchons sur un haut pâturage le long d'un minuscule torrent. Il y a un peu de neige, au fond, et les parois semblent percées comme un sac plastique gorgé d'eau qui pleurerait des cascades étincelantes. Nous continuons à bon pas, jusqu'à ce que Fabrice déniche un replat en amont d'un lac où nous avalons nos casse-croûte, cernés par les névés rescapés de l'hiver. Le ciel est haut, bleu, quoique zébré de fins nuages effilochés qui voilent par intermittence le rayonnement du soleil. On regarde les hautes cimes en silence, et c'est Fabrice qui finit par le rompre. Il propose l'ascension du sommet juste au-dessus, un cône pierreux qu'il juge accessible après le faux col. Martha est partante, moi je ne suis pas consulté mais les suis sans broncher et l'on se met en route sous des nuages qui dessinent, très hauts, des profils d'aile d'avion. On suit les cairns. L'ambiance devient plus minérale, c'est dorénavant une strate d'altitude supérieure à la roche sans teinte. Les nébuleuses semblent nous escorter. Elles montent en vapeur et bientôt de fines gouttelettes d'eau tombent en souple vétille tandis que la nuée gonfle encore, aspirée dans un courant ascendant. On s'enfonce dans ce qui devient rapidement une épaisse purée de pois granuleuse, enrobant tout sur son passage, et l'air perd quinze degrés d'un seul coup. Fabrice et Martha, en tête, avancent vaillamment dans la brume humide quand moi j'essaie de crier quelque chose mais aucun son ne sort de ma bouche. Elle est cousue. Engluée. C'est toujours au même moment qu'il se met à pleuvoir. Plus franche, la pluie, plus froide et boueuse. Sous les gouttes, j'ai l'impression d'être sur la Lune, flottant entre des blocs sécables qui dévoilent leurs angles pointus à chaque foulée. Mais la cordée ne s'arrête jamais, elle progresse avec la souplesse de la harde d'isards qui crapahute plus haut dans cet inaccessible pierrier. J'ai pris du retard et avance sur des pentes instables ravinées par la pluie. La marche se poursuit encore et j'atterris dans un gigantesque cirque. C'est à cet instant que la nuit tombe sur le cul-de-sac de granit. Le brouillard est frigorifiant, il tapisse mes poumons d'une sorte de texture amidonnée et j'ai de plus en plus de mal à respirer. Martha est toujours devant avec Fabrice, ils ont trouvé une brèche dans l'impasse de roches et leur cortège se détache un peu plus de moi. J'ai du plomb dans les semelles, le pas ralenti et j'ai beau leur hurler de m'attendre, je suis aphone, mes lèvres semblent suturées d'invisibles fils chirurgicaux. J'essaie de recoller alors qu'ils caracolent sur une vire qui semble au bord de l'éboulement. Je rattrape mon retard et, alors que je mire à flanc de falaise, je devine un lacis de pipelines incrusté dans la paroi. Ce sont des conduites de canalisation perchées, cylindres parfaits, des balafres sans doute percées à grands coups de perforatrice, dans une desquelles le duo de tête s'engouffre justement. Relégué loin derrière, je manque de rater l'entrée de la caverne quand le vent glacial redouble d'intensité. Mais Fabrice m'attend, cramponné sur un résidu glaciaire suspendu au bord du vide. Il me tend la main et m'aide à me hisser jusqu'au promontoire où se trouve la bouche d'égout. Le cheminot me fixe, impassible, puis me lance un sourire d'infinie compassion avant d'amorcer le mouvement vers les ténèbres. Je n'ai d'autre choix que de le suivre. J'entre dans les profondeurs. Martha et Fabrice m'attendent à l'entrée de la galerie puis, à ma vue, baissent les yeux et reprennent leur avancée dans l'obscurité. Le sol de la tuyauterie scintille d'éclats de quartz. J'avance dans les entrailles rocailleuses, toujours derrière eux, voûté, à tâtons, et finis par en ressortir expulsé en contrebas dans une zone de plaine entourée de hautes sierras enneigées. C'est à nouveau l'aurore. Fabrice et Martha ont disparu et je me trouve maintenant devant une gare immense, un bâtiment classique, démesuré, paquebot titanesque qui se serait échoué en haute montagne. Je me rapproche de cet édifice souverain et me retrouve d'abord face à d'énormes silos. Une rotonde, entourée d'un large nœud de rails, s'étale entre deux quais. Il y a une grue supposée transbahuter des marchandises d'une rive à l'autre. Au beau milieu de la fosse siège une simple guérite arborant les blasons de deux pays, illisibles, effacés par le passage du temps. Ici naissent et meurent les lignes de chemin de fer. Je remarque deux types d'écartement des rails

– un demi-pouce, quelques centimètres de différence –, une petite règle de conversion qui symbolise la frontière. Mais nulle douane, nul guichetier, nulle voix. Seulement les herbes folles. Seulement des poulies corrodées et des wagons abandonnés que je franchis d'un pas peu assuré. Tout est mort. Hanté. Je m'approche de l'entrée de la gare quand soudain je crois apercevoir Martha et Fabrice, au loin, qui y entrent à la dérobée par une issue de secours. Ils semblent enfin me calculer et Martha me fait signe de les suivre. J'entre à mon tour. L'intérieur atteste d'un passé faste. Vestiges de boiseries dorées, pilastres, tout semble à sa place dans ce hall. Le temps s'est arrêté de tourner. Je traverse une deuxième salle à la splendeur antique, où un escalier aux balustrades de marbre dessert les accès aux quais. Je veux y accéder mais les portes sont toutes barrées de poutres métalliques. Martha et Fabrice ont à nouveau disparu, évaporés dans l'espace. J'avale des salles d'attente à leur recherche, le long de guichets en bois s'apparentant à des confessionnaux rongés par les termites. Après une nouvelle aile mansardée, une salle de casino au décor d'opérette, je me glisse entre des tapis de black jack, des cartes de poker, des lampes Art déco brisées souvent à même le sol. Je longe les murs fissurés, lorgne la peinture craquelée pour trouver un passage et me rends compte qu'il n'y a pas d'accès au parvis extérieur. Pas de train. Tout est condamné. Fantomatique. Ce palais sans âge n'a pas d'issue et les lourdes portes aux gonds démontés disparaissent d'ailleurs une à une à mesure de mon avancée. Martha et Fabrice n'existent plus et j'essaie de sortir au plus vite des décombres. C'est à ce moment que le dédale de béton amorce sa mue et se referme lentement sur moi, un peu comme la plante carnivore piège le moustique étourdi. Mes hurlements restent encagés dans ma gorge et pourtant des cris résonnent dans l'air, avec la douceur d'une fraise de dentiste turbinant à quarante-cinq mille tours par minute. Je comprends que je suis condamné à errer pour l'éternité dans ce navire amiral, emmuré vivant sous ses plafonds menaçant de s'écrouler. D'un coup, je me réveille paniqué, en sueur, seul dans ces draps aussi froids que la morgue.

XXIV

La semaine avait débuté avec ses trente milligrammes de diazépam obligatoires en amont du point hebdomadaire Centers Nature et, comme à l'accoutumée, Anne-Sophie était venue se placer debout derrière moi pour me souffler dans la nuque tandis que je dialoguais, attablé au bunker d'isolation phonique du *bench*, avec Vaast Van Henaeken, flamand jovial et ventru qui dirigeait le domaine de l'Ajoncière. Vaast ? Je ne vous dérange pas ? Comment allez-vous ? Comme un lundi ? Bien, super, oui, de même, merci, alors bon je vous propose de passer en revue les différents points que nous avons ciblés. On commence par les bonnes choses, on termine par ce qui fâche ? Oui je vous laisse prendre de quoi noter. J'ai senti la main moite d'Anne-Sophie sur mon dossier de chaise ; alors j'ai inspiré un grand coup pour attaquer la grille de conduite déroulée sous mes yeux.

À cette époque, le nouvel AquaWorld était très attendu et je ne lui cachais pas, au ventru, qu'il était leur gros point fort. On appréciait les batailles d'eau et la brumisation de nouvelles essences exotiques – certains enquêteurs de chez nous, j'ai glissé à Vaast, étaient rentrés de mission un grand sourire aux lèvres. Nous l'avions crue difficile, cette rénovation, mais ils l'avaient faite. Chapeau; quand les progrès étaient là, il fallait les souligner. Volet sécurité, PMGT confirmait un meilleur encadrement dans les phases actives de la piscine à vagues. Accès poussettes et fauteuils roulants mis aux normes, gilets de flottaison gratuits, mise à disposition de casques, nous sentions qu'ils avaient pris en considération nos analyses et cela était très apprécié. AquaWorld toujours, complexe de toboggans, pentes mieux variées – mention spéciale au Crazy Spiral –, l'eau, promise à vingt-neuf degrés, avait été vérifiée entre vingt-sept et trente. Moins chlorée, adieu les plaintes pour yeux rouges, cher Vaast. Dans la même veine, les feux de signalisation des toboggans marchaient enfin; le risque de carambolage en était grandement réduit. Ils avaient su réagir. Je revois Anne-Sophie mouliner l'avant-bras pour me demander d'accélérer, son parfum fruité se répandant dans l'espace *desk*. AquaWorld pour finir, j'ai donc enchaîné, quelques ombres au tableau : une lame de cutter avait été trouvée au sol – un nouveau drame aurait pu survenir, Vaast – et, autre malus, un bain à remous peu bouillonnant; on s'attendait à plus d'effervescence. Dernière chose, vigilance, les maîtres-nageurs en boots et le nez dans leur portable, ça jetait un sérieux discrédit sur la fonction. Un peu sans gêne, oui, sans doute. Qui précisément? Non, je regrettais – vraiment. Le personnel était évalué selon le code de déontologie de la MSIA, Mystery Shopping International Association, je ne pouvais lui transmettre d'identités. Anne-Sophie Vitelotte a penché sa tête de façon que je croise son regard et m'a déclenché son plus beau sourire canin. On s'arrêtait là. Puis je l'ai tancé, Vaast. Nous n'allions pas nous mentir, les coûts cachés restaient les plus pointés. Soit toutes les activités en supplément. Et à un prix difficile. Pour certaines, une réévaluation s'imposait. Pédalo, barbecue, parking : à passer gratuits. Le wi-fi, aussi. Nécessaire, de nos jours, un service déjà gratuit partout ailleurs chez la concurrence. En revanche, sur le bateau électrique, le buggy quad ou le paintball, ils pouvaient y aller franco – une autoroute familiale. Idem pour la supérette et les restaurants. Bon. En plus des dégradations liées au vieillissement que nous avions évoquées la semaine précédente, c'était le service de ménage défectueux qui remontait aussi dans nos conclusions. Il y avait de quoi. Taches douteuses, cheveux, poils, matelas sans alèse sur le secteur cottages VIP. Non, je regrettais, je ne pouvais cibler. Oui c'était un secteur géré par les recrues du projet Regards Croisés – oui, des Pôle Emploi Seconde Chance mais, à nouveau, c'était à lui de prendre ses responsabilités. À mille euros les quatre jours, le client s'attendait à une meilleure propreté. Pour l'heure, peut-être était-il temps de mieux cibler les recrutements ? Anne-Sophie m'a agité sous le menton ses faux ongles corail, signe qu'il fallait que j'enfonce le clou. Entre nous, j'ai alors chuchoté, comment ne pas être déçu de ces profils types hérités du système Seconde Chance ? Fatigués oui, datés, certainement – alors nous savions qu'ils faisaient ce qu'ils pouvaient, les actionnaires avaient confiance, il existait toujours des solutions. Sur ces entrefaites, je laissais un instant le code déonto de la MSIA s'il le voulait bien, j'enlevais ma casquette de *supervisor*, rien que pour lui, sans filtre car il m'était sympathique et parce que nous esquissions, ensemble, les contours d'un Centers Nature du futur. Vaast devait savoir que nous développions en parallèle une agence de prestataires de services pour un ménage performant et que nous nous ferions une joie de leur réserver un barème beaucoup plus attractif. Avec de l'optimisation à la clé – *win-win* pour lequel, *tututut*, il ne fallait pas remercier, c'était notre devoir de trouver des solutions. S'il était intéressé, je lui ferais un mail en complément. Avec plaisir. Ce serait tout pour aujourd'hui, je ne l'embêterais pas plus avec mes rengaines. Au nom de l'équipe hub 59 PMGT, je le remerciais pour sa confiance. Excellente semaine, à lundi prochain sans faute et oui, le mail, bien sûr.

J'ai raccroché exténué, purgé par mon apnée téléphonique. C'est *bombesque* ça, a clamé Anne-Sophie en venant encastrer son poing contre ma molle paume humide, et dans la foulée Benoît a proposé un baby-foot à la cantonade – une invitation que j'ai balayée d'un air irrité. Mon amour-propre était au fond du seau. J'avais plus urgent à faire, c'est-à-dire me ruer aux toilettes pour me gaver d'une doublette de lexomil et actionner le frein à main. Je devais tenir, faire face, avoir des réserves sur moi en permanence. Rien de plus facile sur la métropole lilloise. Je dirais qu'entre Wattignies et Wambrechies, un océan de sédatifs s'étend. Un seul *tip*, que j'ai découvert en arpentant les forums : pas besoin d'aller faire le plein sous le manteau, dans une ruelle sombre, ni de falsifier quoique ce soit. Il suffit d'enchaîner les rendez-vous médicaux via Doctolib et de réciter la même fable pour multiplier les ordonnances. Quand on est client mystère de formation, c'est un exercice simple comme bonjour. On cible les médecins pressés via les commentaires les plus garnis en patients plaignants, ceux-là écoutent mais n'auscultent que rarement – et, mieux encore, ont souvent la main lourde pour assommer de potions magiques.

Donc depuis peu, mes benzos faisaient office de bouclier du quotidien. Car en fait, de mon point de vue, depuis que l'équipe prospection *markets* avait fini par rafler la mise du Centers Nature et après la courte effusion de liesse – l'image d'Anne-Sophie, démente, douchant les licornes du hub au champagne façon podium de Formule 1 –, l'ambiance entre les chapelles du *bench* était devenue délétère. Mots d'ordre : responsabilisation croissante, rentabilité statistique, implication. Après une phase d'indifférence réciproque, je m'étais mis à haïr mes collègues. Leurs logiciels, leur degré de technicité informatique, leur culture appli. Leurs discussions d'un autre monde qui me dépassaient ; quand j'essayais malgré tout d'y participer, de faire un effort, je passais pour un con. Germait un nouveau sentiment d'imposture qui me faisait, la plupart du temps, baisser les yeux devant eux. Voilà. C'est à cause d'eux que j'ai commencé à me fournir dans d'autres pharmacies. Je n'avais pas d'autre solution et Martha me répétait que j'étais vraiment pas mal payé pour un travail comme celui-là. Je l'ai dit, je devais tenir.

À mon retour des toilettes, je me sentais déjà moins mal quand, du baby-foot, malédiction, Pierre-Noël, enjoué, a annoncé payer sa tournée pour le *déj*. Coup de poker, il venait de réaliser un gain monumental sur des NFT cambodgiens. Yo ! On se fait un viêt rapidos, qui est chaud les *full stack* ?, avec tout ce que j'ai *tokenisé* j'ai un gros code promo. Allez, c'est lundi bánh mì et c'est pour moi a répété Pierre-Noël, d'une voix trop réjouie – carotte *slash* radis blanc *slash* maïzena tout le monde ? Mais grave, j'ai entendu depuis les poufs et Pierre-Noël a passé commande via son compte Premium. Coriandre fraîche, porc mariné, *pickles* de concombre croquants, putain comment je crève la dalle a dit ce bon Benoît qui ne s'en lassait pas. Au hub, tout le monde se faisait livrer à midi, et souvent de la bouffe asiatique. Tous sauf moi, évidemment. Question de principe, mais aussi parce que Martha et moi avions déjà ces kilomètres de céphalopodes frais tapis au fond du frigo.

Ce midi-là, je m'étais préparé à attendre les livraisons. J'allais faire montre de patience et réchauffer mon mitonné tentaculaire au dernier moment. Lundi, on déjeunerait comme d'habitude tous ensemble, répartis feng shui sur les poufs autour du canapé. Moi je serais défoncé et eux, ils bavarderaient gentiment. Ça m'allait, d'être exclu de leurs récits de week-ends, de *crushes* et de mojitos à dix euros. Je me contenterais d'avaler ma pitance sans faire de vagues et retrouverais mon écran fissa. Sauf que ce jour-là, ça a tardé. Quinze, vingt, trente minutes, Benoît, Pierre-No et Kenza s'impatientaient en *trackant* l'acheminement du précieux vers le bureau. Putain ! J'en peux plus, s'est plaint ce bon vieux Benoît, menaçant l'assemblée de descendre se faire un McDo. Le livreur a fini par débarquer : c'était Abou, que j'ai aperçu du coin de l'œil avant d'aller me planquer au fond du *bench*. Hors de question de me faire démasquer, ici, par sa faute. C'était un Abou en nage, à l'ouest, désorienté qui se tenait devant le *desk* PMGT. Alors mon grand, j'ai entendu au loin, alors on s'est perdu ? lui a lancé Pierre-No de sa suffisance coutumière et derrière, dans les poufs, tout le monde s'est tordu de rire. La Grand-Place, c'est pourtant pas compliqué, mon grand. Abou est resté d'un silence de marbre et j'ai deviné la situation : il accumulait les retards, le pauvre, cherchait juste à remonter sa note et se tirer au plus vite pour livrer son prochain menu. *Do you understand ?* a surenchéri Pierre-No, triomphant. Mais rien. Abou ne cille pas et reste planté là, devant le *desk*. Il attend sa note. Eh, les gars, il comprend que dalle, le mec, rallonge Pierre-No. Allô allô ? Tu piges ce que je te dis ou pas ? Ouh ouh ? C'est la dernière fois que je te mets *five stars* je te préviens, a menacé Pierre-No en s'emparant du sac. *Never again, man*. Non mais allez je te taquine, *choukran my friend*. Hop allez casse-toi maintenant.

Le hub se bidonnait et ça a explosé sous mon capot. *Boom*. Le sang n'a fait qu'un tour et le magma est remonté à la surface du cratère. De but en blanc, tout le rance, la colère, la frustration, tout ça en lave pulsionnelle. J'ai attendu qu'Abou disparaisse derrière son sac isotherme et j'ai fait volte-face sur Pierre-No. Ai-je agi pour la défense de la Flotte ? Ou était-ce déjà sa frimousse de fils à papa qui ne me revenait plus ? Cette façon dont il prétendait gérer mes cinq cents euros, tutelle péremptoire m'empêchant tout bonnement d'encaisser la plus-value promise ? Cette manière avec laquelle il avait pincé le sac contenant les bánh mì ? Ce bonnet rouge, qu'il maintenait avec obsession vissé sur son crâne ? En tout cas ça a fait tilt comme une secousse électrique et je l'ai enchaîné. Eh toi là, grosse merde, qu'est-ce qui t'a pris ? Tu trouves ça drôle ? T'es content ? T'as vu comment il était mal ce type ? Qu'est-ce qu'il y a ? Tu te sens plus pisser connard ? Qu'est-ce que t'as ? T'as un problème ? Alors qu'il croquait dans son quignon, Pierre-No a manqué de s'étouffer. Il a commencé par bégayer. Que quoi ? Pardon ? Attends, *steuplé*, mais là, d'où tu me parles ? Pierre-No a ensuite haussé le ton pour que Benoît se rameute en glapissant qu'est-ce qu'il y a ? Qu'est-ce qu'il y a ? Il y a que, Monsieur, a fulminé Pierre-No, Monsieur me fait la morale. Elle est bien bonne celle-là. En plus de m'insulter tu juges en fait. Mais t'es con ou tu le fais exprès ? Et t'es qui, toi, pour me dire ce que je dois faire ? Tu débarques ici de nulle part, personne te dit rien pourtant tu sais pas coder une seule putain de ligne, tu sers à rien, t'es *nobody*, et là, comme ça, comme ça, s'est remis à aboyer Pierre-No en claquant ses doigts fins, là comme ça mais là mais j'hallucine mec en fait, *pépouze*, je te fais gagner de la thune et tu viens me faire chier ? Mais t'es un ouf. Le nerveux m'a ensuite pointé du doigt. Écoute-moi bien, reste dans ton coin et ferme ta gueule de *nobody*. On te paie juste pour ça, t'as compris ?

Pierre-No était pathétique. Tétanisé. Sur ce il s'est arrêté de vociférer et a considéré le vide alentour. Il avait tout donné. Benoît, lui, regardait son maître au bonnet les yeux écarquillés et les autres enterraient tous leurs tronches derrière les écrans treize pouces. De mon côté, je me suis lentement approché de lui et l'ai saisi à la gorge en feignant d'enfoncer mon poing dans sa moustache anorexique. Viens, on descend tous les deux, je lui ai proposé, le plus calmement du monde, viens, on va s'expliquer maintenant que ça y est, que t'as fait le beau devant ton caniche. Petite merde. Je l'ai ensuite lâché et après lui avoir ôté son couvre-chef pour le jeter sur le parquet, je suis allé m'installer dans un pouf. De là, je me suis mis à les fixer en silence. Je ricanais face à eux, en pleine montée. Je les revois chacun détourner le regard en prétendant s'affairer et se disperser. Si c'était à refaire, je le referais car ces petits pleutres baissaient enfin les yeux. Je jubilais. D'autant qu'à un moment, l'enfant colérique a jeté son bánh mì contre le mur avant de claquer la porte du troisième. L'huile de sésame, lestée de son miel, a lentement dégouliné sur le logo PMGT. Plus un bruit, sinon celui de la julienne de carottes tombant par régiments dans la poubelle de l'entrée du *bench*. Aucun mouvement dans le hub, j'étais ce moqueur ivre de joie jusqu'au moment où les talons d'Anne-Sophie ont déboulé en gueulant mais qu'est-ce qui se passe encore ici à la fin ? j'ai croisé Pierre-No il est en pleurs dans l'escalier il se passe quoi là ?

Sur dénonciation unanime de mes « camarades », j'ai été sommé d'aller m'expliquer au café d'en bas. Mais, encore grisé par le mix d'anxiolytiques, j'ai su être convaincant car Anne-Sophie a vite pointé le burn-out imminent de Pierre-No. L'acquisition de nouvelles parts de marché avait mis le hub un peu à cran, ravivé quelques tensions préexistantes – antérieures à mon arrivée. Un peu d'eau allait couler sous les ponts. Il était comme ça, son Pierre-No, un grand sensible sous la grande gueule qui se révélait parfois à l'arrivée de nouveaux clients. Elle irait lui parler quand il aurait terminé ses jérémiades. De mon côté, je n'ai pas expliqué les vraies raisons qui m'avaient fait sortir de mes gonds ni évoqué mes benzos. J'ai à peine avancé que le terrain, parfois, me manquait. Que le bureau, tous les jours, ça commençait à peser sur le moral. Que je n'arrivais pas à m'enlever de la tête Fabrice Ravier et ne fermais plus souvent l'œil, la nuit. Anne-Sophie m'a écouté, concernée, fronçant de temps à autre le sourcil. Après quoi elle m'a demandé si je ressentais le besoin de m'épancher à ce sujet. En parlais-je à quelqu'un ? À mon amie ? Des amis ? De vagues connaissances ? Un journaliste ? Car en vertu de la clause de confidentialité que j'avais signée, ça ne valait pas le coup, entre nous, d'autant que je pouvais lui parler, à elle, et à n'importe quel moment, m'a-t-elle assuré avant de m'inviter à prendre deux trois jours off – *si si si* –, offerts par la maison. Comme l'addition, deux cafés crème, pas de chichis entre nous. Anne-Sophie allait réfléchir à tout cela au calme.

En partant, elle a placé sa main sur mon encolure et l'a caressée un peu comme si j'étais son cheval de trot. Puis elle m'a relâché et m'a remercié d'une voix mielleuse. Tu sais, m'a murmuré Anne-Sophie, parfois il faut savoir remercier son équipe quand les choses sont bien faites. Je le sais – sourire Colgate conforme –, je le sais que t'as fait un taf *bombesque* sur Centers Nature, tu le sais, ça ?

XXV

J'ai profité de ces deux jours de relâche inespérés pour aller voir ma mère et lui présenter Martha. Je n'étais plus passé à la maison depuis six ou sept mois peut-être et, je l'ai dit, maman me tannait pour qu'on organise un dîner avec cette chère inconnue chez qui elle me savait installé. Martha, que j'avais briefée, n'y voyait pas d'inconvénient dès qu'elle aurait un créneau – *en vrai*, ça la ferait même marrer. J'avais donc calé la date avant l'ouverture de Poulpism qui se dessinait pour la fin du mois. Maman se faisait une telle joie de nous recevoir ; je lui devais bien ça. J'avais besoin de ça aussi, en fait, de souffler un tantinet, de revoir le visage de maman et de faire le point sur ces charmantes ridules fendillant le coin de ses lunettes rondes. Je sais que ça semble bébête, mais je l'ai éprouvé, ce besoin de sentir l'odeur âcre de l'appartement d'Épeule. À vrai dire, je rêvais même de m'enfoncer quelques minutes, en paix souveraine, respirer la poussière dans notre antique canapé fleuri ; c'est dire si j'étais mal. Je me souviens que nous avions acheté un excellent magnum de vin rouge dans le Vieux-Lille et que Martha avait préparé son fameux carpaccio de poulpe aux agrumes. En catimini, je m'étais approvisionné en myorelaxants de force quatre avant de prendre le métro aérien, direction Roubaix.

La surprise du soir, c'est qu'avec le welsh complet annoncé à la carte, il y avait mon oncle garagiste, en supplément bonne franquette. Et, fidèle à ses bonnes vieilles habitudes, un Jean-Jacques déjà bien gratiné – je l'ai deviné dès que nous avons passé le porche de l'appartement – tassé à la table du fond. Pot aux roses dévoilé, Maman m'a tout de suite pris à part en me demandant de ne pas faire de scène – elle savait que ça n'avait pas toujours été facile entre nous deux mais il n'était pas en forme, le vieux, ça lui faisait vraiment trop plaisir d'avoir de la compagnie. Jiji avait les traits tirés et je dois dire qu'en vérité son premier regard, usé, bienveillant, maladif, m'a bouleversé. Je me suis promis de prendre sur moi car depuis le bout du couloir, déjà, il semblait avoir bouffé dix ans au carnet d'entretien. Alors, le revenant, a-t-il commencé en me tendant sa joue râpeuse, alors comme ça t'as enfin trouvé une chercheuse de cailloux ? C'est de la pierre brute ou de la pierre précieuse, Indiana Jones ? J'ai souri – ha ha, t'as pas changé toi. On ne choisit pas sa famille. Il rigole, a précisé maman en jetant un œil à Martha qui, adorable, a poliment gloussé en saluant Jean-Jacques le plus chaleureusement du monde. Puis maman l'a kidnappée vers les tulipes pastel du canapé et j'ai senti qu'entre elles ça irait comme sur des roulettes.

Je me rappelle qu'à l'apéritif je me sentais bien, on était là, ensemble, la petite molécule me détendait déjà les muscles, j'avais le sentiment d'être au monde et à ma place, au centre de mon univers affectif. La température de l'appartement était agréable, le vin s'aérait en carafe, maman était resplendissante en dépit de ses kilos en trop – j'ai tant aimé entendre son rire bruyant devant Martha qui jouait au petit poisson social – et, l'air de rien, la compagnie de Jean-Jacques, même s'il plongeait ses repoussants ongles noirs dans le bol de chips à l'ancienne, n'était pas si déplaisante, au final. Si sa bougie d'allumage avait sacrément subi les ravages du temps, simplement il m'émouvait. Et j'ai eu envie de lui faire plaisir, à lui aussi. De lui accorder l'attention qu'il méritait, derrière son mur de crasse. Alors je me suis vite resservi un ballon et l'ai patiemment écouté me parler du garage, de pneus Hankook, de pose de mèches, de cet atelier de maintenance qu'il avouait vouloir passer en gérance. L'année prochaine, peut-être, m'a-t-il annoncé sans une once de conviction. En attendant, l'autre jour encore, client capuché, jantes alu poly vingt pouces quatre roues motrices gérées en trente minutes. À dix-huit heures quarante-cinq. J'ai fait l'effort, l'ai relancé, ah oui aluminium, 'tain les gens croient que le monde s'arrête de tourner pour eux ou quoi, qu'on a pas de vie, puis la bouche pleine j'ai ajouté tu devrais quand même faire attention Jiji, t'as l'air fatigué. Mis dos au mur par une pichenette, le voilà qui hochait la tête d'approbation comme un chien battu. Martha – avant de finir par oublier – a sorti le carpaccio et maman a salué la cheffe en piochant volontiers la fourchette dans les fines tranches. L'oncle, lui, a refusé le plateau alors que l'acidité des agrumes relevait pourtant à merveille les saveurs de la pieuvre. Peu curieux, il préférait se gaver de saucisson et se décapsuler la troisième petite sœur. Martha ne s'est pas vexée, bien sûr. Moi, ça m'a un peu agacé. Et je n'ai pu m'empêcher de pointer la tache d'huile de moteur qui trônait au milieu de son tee-shirt délavé. C'était pas le trente et un, okay, mais il aurait pu faire un effort, non Jiji ? Hein gros beauf ? j'ai plaisanté en lui mettant une tape affectueuse dans le dos, tu crois pas ? Puis maman, allègre, a dit allons allons les garçons, vous êtes incorrigibles décidément et nous sommes passés à table.

J'étais disposé à passer un agréable moment en famille. Mais, alors que je scrutais le vieillissement cellulaire de l'oncle, pépère, une image s'est superposée sur ce visage ridé. J'ai vu le pourrissement de Fabrice Ravier. Eux, les faux jumeaux oxydés, les frères d'âme vaincus, se dédoublaient dans mon champ de vision. Martha me caressait la joue mais j'avais du mal à me concentrer, ma jambe se mettait soudain à tressaillir sous la nappe. L'un avait beau être nécrosé, l'autre se tenait vivant, bourré comme un coing devant moi, ces deux wagons rouillés venant de se raccorder dans mon ciboulot, me laissant dépersonnalisé d'un claquement de doigts. Je n'y peux rien, j'ai tout de suite eu besoin d'un myorelaxant pour assurer la suite. Dare-dare j'en ai noyé un petit en douce dans le haut-médoc alors que la tablée finissait de s'installer. Maman et Martha, face à face, ont enclenché leur débat sur la cuisine au beurre sans m'y convier. Je me suis donc retrouvé avec le sosie de Fabrice Ravier et sa quatrième Duvel. Il avait tant vieilli, c'en était terrifiant. À ce rythme, il ne passera pas la révision des cent mille, je me suis dit. Je lui ai lancé qu'avec sa descente de sans-plomb, il ne risquait sûrement pas de se déshydrater – il a fait mine de pouffer alors que je m'alarmais sincèrement de son hygiène de vie. Jiji roulait à tombeau ouvert. Je m'apercevais qu'il flottait dans ses vêtements. Lui, le mécano en kevlar, le fort de la famille, le viril, l'antifaibles, s'était transformé en poids plume en panne et n'était plus du tout celui qui donnait des leçons à tout-va. Je me suis raidi. Ça me faisait mal de voir que Jean-Jacques était devenu l'un de ces poinçonneurs de cuir de ceinture de fin de mois. Enfin le welsh à la bière brune a été servi sous nos applaudissements par maman, croulant sous le cheddar badigeonné de moutarde ; le miracle du souvenir d'enfance a surgi un instant, fugace.

Maman et Martha semblaient s'accorder comme mets et vin. Les voir toutes les deux taillant le bout de gras m'a empli d'une joie pure et enchanteresse. Avec le welsh, on rembobinait vers les temps heureux. Le cheddar réconfortait. Maman me lançait ses clins d'œil pétillants. Mais le hic, c'était que Jiji continuait sur sa misérable lancée avec le garage et il m'était très difficile de zyeuter devant moi. Je me suis focalisé sur le magnum car tout chez l'oncle me ramenait fatalement au Paris-Strasbourg. Alors j'ai eu beau me concentrer sur le plat de résistance, tenter de m'accrocher à sa conversation, peine perdue, j'ai vite senti qu'il allait me bassiner des heures avec sa théorie de la corrosion du soubassement – il en écrirait une thèse – et qu'il ne se rendait plus compte qu'il abusait de ma patience. S'il avait rétréci au lavage, sa confiance, elle, était encore gonflée comme un ballon d'hélium. Une vraie pétrolette. J'aurais tant aimé pouvoir me décrocher de son monologue de vieux garçon pour venir prendre des nouvelles de maman. Des siècles que je n'étais pas venu. Mais Jiji, carburant à la Duvel, ne s'arrêtait pas de causer. Bientôt je n'aurais plus les nerfs requis pour endurer le supplice.

En lui passant le plat d'accompagnement – les frites au vinaigre de maman, fraîches et dorées –, j'ai donc proposé, puisqu'il n'y songeait même pas, à lui en donner un peu plus, de mes nouvelles. Je me suis dit qu'en subtilisant la parole j'allais éloigner l'épouvantail ferroviaire qui sortait de la sienne. Et disons qu'avec les myorelaxants, ce haut-médoc m'a légèrement fait forcer le trait. Indiana Jones, pour info, il bossait maintenant dans une start-up, enfin, les jours de présentiel au bureau, à côté de la Grand-Place, et quand nous n'étions pas en séjour thalasso, tous les deux, avec Martha, cheffe, restauratrice et entrepreneuse tout à la fois puisqu'il n'avait même pas poussé la curiosité de le lui demander tout seul. Quand nos agendas nous en laissaient la possibilité. Là on passait voir maman pile avant le début de saison des déplacements à l'international, un peu partout en Europe, bref du coup on aurait moins le temps de crocheter par Roubaix.

Jiji acquiesçait avec la mollesse d'une banquette Volvo. S'est levé, tanguant, pour aller attraper une survivante du pack. *In vino veritas*, je voyais mieux le tableau maintenant : je prenais l'ascenseur et lui n'en avait rien à foutre. Comme ç'avait toujours été. En plus il se foutait de ma gueule, snobait Martha : il ne lui avait pas décroché un mot à l'apéro. Il avait même refusé son poulpe, son succulent carpaccio dont le Tout-Vieux-Lille allait raffoler. La vérité, c'était qu'à part pour parler de lui, du garage, il ne faisait aucun effort, ce nuisible. Ce frustré. Ce gratteur méprisant. Cet alcoolo autocentré. J'avais pourtant tout fait pour qu'il passe un bon moment, je me suis maudit, je me repayais en prime la facture de Ravier. Et là j'ai été saisi d'une folle envie de le remettre à sa place.

Maman a proposé de nous resservir de frites – *allez allez* pas de ça entre nous, les garçons. Moi, appétit d'oiseau, estomac tapissé de benzos, j'ai passé mon tour. Jiji, lui, aux abois, a bien sûr tendu son assiette à la manière d'un mendiant qui repêche son avant-bras sous le distributeur de billets. Ce vaniteux n'avait même plus d'orgueil. Maman lui tendait la pince de service mais il lardait déjà sa paluche mazoutée dans le plat ; il me dégoûtait. J'ai pensé carton rouge, insatisfaisant sur le barème Walk&Rate. Poussé par un accès de violence souterrain, je me suis décidé à déterrer la hache de guerre. Je l'ai coupé au milieu d'une de ses tirades flinguées sur les interventions d'équipements taxi. Mode destructeur. Ta gueule, je lui ai dit à l'étouffée. Ferme-la, Jiji. Et j'ai lancé la sulfateuse dans le plus grand calme. À part frotter du châssis pourri sous les néons, qu'est-ce qu'il avait à raconter d'intéressant, le vieux con ? Ça oui, il rentrait toujours du tacot belge tout claqué d'accord – ça on s'en foutait t'as capté Jiji ? – mais à terme, je l'assaillais, à terme Jiji, avec la flambée des prix, l'industrie automobile allait se casser la gueule. C'était inéluctable. Alors la retape… qu'est-ce qu'il en disait, lui ? Je le pointais du doigt. Réglais enfin mes comptes. Ça le faisait pas flipper quand même, le Jiji, l'avenir du parc d'occasions ? Moi à sa place, j'assénais d'un jet d'acide, je chercherais une nouvelle voie, moins archéologique. Moins voie de garage – et je me suis resservi un canon à ras-bord en réprimant un fou rire – hop là, pas plus que le bord. En difficulté, l'oncle encaissait mon ironie et s'accrochait à sa dernière Duvel comme à une bouée de sauvetage. J'avais trop de frustration à expulser, trop de rancœur, trop de passif à solder : je l'aurais massacré. Écoute ça, nous, avec Martha, par exemple – oh t'entends ? –, on vivait à Lille, j'ai tenu à lui préciser, dans le centre, alors autant dire qu'on n'avait plus besoin de caisse. Je terminais le verre de rouge cul-sec. D'ailleurs, bientôt plus personne n'aurait de vieux diesel toussotant à lui amener. Qu'est-ce qu'il en disait, lui, la frite molle avec sa tronche de cancéreux ? Bizarre – je me tapais la cuisse –, il n'avait pas son avis à donner sur la question, ce vieux con. Ça alors. Jiji ne répondait plus. Alors crève, sale clebs, j'ai fini par conclure en tournant le pouce vers le bas. Puis je l'ai fixé. J'étais prêt à lui trancher la jugulaire avec un couteau à fromage. Martha à cet instant m'a regardé, figée, les yeux ronds, emplis d'incompréhension. Ma mère, heureusement, ne m'écoutait pas, ou bien feignait de n'avoir rien entendu ; elle était trop émerveillée par les aventures poulpistes de Martha et j'ai pu filer mon entreprise de démolition en paix. Je lui ai causé crypto à grands coups de masse, au mammouth, en reprenant mot à mot Pierre-Noël. Systèmes de monnaies électroniques en pair-à-pair, Jiji, paiements en ligne directs, d'un individu à un autre, les taureaux, les ours, gros bénéfices sans passer par une institution financière ; ce vieux taudis ne pipait rien.

Dix minutes à ce rythme, l'oncle s'est installé façon PLS sur le canapé. Mission accomplie. Il est excellent ton vin, là, a souligné maman au dessert sans calculer sa gangrène de frère. Moi, nœud de glace dans les vapeurs du café-bistouille, je lui massais l'épaule et m'envoyais un dernier benzo en complément digestif.

En partant, Martha riait de bon cœur à une anecdote offerte par ma mère me concernant. Maman était ravie de nous avoir eus à sa table, heureuse d'avoir enfin pu faire connaissance. Puisque ça lui avait tant plu, ce welsh, elle promettait de donner sa recette à cheffe Martha pour la prochaine fois – cette petite, elle a oublié d'être sotte, m'a-t-elle glissé à l'oreille, les joues roussies de sulfites. Garde-la précieusement hein, tu m'écoutes ? Dis tu m'écoutes, tu reviens me voir vite ? On n'a même pas eu le temps de se parler, toi et moi, je te connais t'as rien avalé t'as l'air tout abattu, alors viens bientôt d'accord ? L'occasion pour moi de lui faire une nouvelle fausse promesse, hélas. L'oncle Jiji, lui, nous a à peine salués – je l'avais mis combo, il n'osait même plus lever un sourcil. C'est bien, petit, tout ce que t'as raconté, a-t-il daigné ajouter au seuil de la porte, rance, on est fiers avec ta mère hein, tu sais. Mais un conseil, te repose pas sur tes lauriers, m'a-t-il mis en garde, chancelant contre le mur, dans une ultime bravade pétrie d'orgueil. Tu verras, on en reparlera quand t'auras mon âge. Encore surexcité par mon jeu de massacre, j'ai laissé mes décombres d'émoi derrière la hargne. Je lui ai répondu dans le vague, dédaigneux, une main posée sur l'épaule de Martha, ouais carrément Jiji, allez on se dit quoi.

XXVI

J'aime nous revoir rouler sur ce chemin de terre d'où l'on devinait les éclats d'un grand lac scintillant derrière les feuillus. On était hors vacances scolaires, soleil au beau fixe et il n'y avait pas foule hormis ces petites grappes de marcheurs nordiques arpentant les pistes cyclables. Après un ultime lacet, l'étendue d'eau s'est enfin offerte à nous dans sa nudité plate et majestueuse. Devant le cottage, le piaillement d'une oie se dandinant alors que Martha tournait la clé qui nous attendait, sagement suspendue sur la porte en bois peint. Ce côté lac, la vue panoramique sans vis-à-vis, cette grande terrasse couverte, la cuisine américaine équipée, sa cheminée, l'écran plat, les photos sépia, le lit king-size et le bain à remous m'avaient été énumérés deux jours auparavant par Anne-Sophie qui m'annonçait fièrement – *tadam !* – que je partais en formule client mystère grand luxe. Ça faisait longtemps que je n'étais pas parti pour une petite inspection de terrain, non ? Carré d'as, voici quatre jours de mission au domaine de l'Ajoncière qui feraient du bien. Qui *nous* feraient du bien, à mon amie et moi, puisqu'elle avait sorti deux tickets gagnants de son chapeau magique. Oui, comme promis elle avait pensé à moi ces derniers temps. Ça tombait à pic, à voir comment j'étais tendu, dos bloqué, nuque en béton armé, toujours à cran, là, alors qu'avant d'attaquer le marché Centers Nature Europe en tant que *supervisor* il me fallait, au contraire, être en pleine forme. *Reboosté*. À l'attaque. *Focus* et *bombesque*. Mais attention, m'avait prévenu Anne-Sophie, si le séjour était en mode *work and holiday*, ça ne signifiait pas que je doive me relâcher non plus. J'aurais un cahier des charges à respecter, un QCM imprimé sur différents aspects du Centers Nature, check-list d'items sur trente pages à remplir, chaque jour, des questions classiques en barème de satisfaction graduelle qu'entre nous – on n'allait pas se mentir – j'expédierais probablement le soir, au cottage, disons le temps d'aérer le vin et de passer commande au Deli'Very Much.

À l'annonce de l'escapade de dernière minute, Martha m'avait d'abord opposé une moue de mécontentement. Est-ce que c'était vraiment le moment d'aller jouer aux scouts ? Est-ce que je n'avais pas oublié un petit détail ? Saisi les enjeux ? Juste l'ouverture imminente de Poulpism ? En plus le four tardait, elle n'avait pas fini de négocier le prix du cageot, de régler la question du stock, bref, elle ne se sentait pas de s'éloigner. Alors, oui, je la comprenais, mais ça allait finir par se régler, ces histoires, il ne fallait pas en faire une maladie. Et j'avais repris le laïus d'Anne-Sophie : moi, ce que je voyais surtout, c'était qu'elle était super crispée, Martha, dos bloqué, nuque béton, toujours à cran, là, alors qu'avant d'attaquer Poulpism il lui fallait, au contraire, être en pleine forme. C'était franchement bête de ne pas en profiter. Sachant que c'était pas vraiment scout l'ambiance mais plutôt accès illimité à l'AquaWorld, *pass open* au spa massage, une offre VIP faite pour recharger les batteries et ne penser à rien. J'avais ajouté que ce n'était pas loin, l'Aisne, et que s'il fallait elle pouvait rentrer en trois heures, grand maximum. Une vraie aubaine pour nous relaxer, tous les deux, déconnecter et reprendre du poil de la bête. Pour *nous* retrouver. On n'allait pas faire la fine bouche, si ? Elle avait accepté de couper la poire en deux. Elle viendrait les deux premiers jours, avec sa vieille Fiat Cinquecento. Je rentrerais solo après avoir fini mes trucs pros, avec le train.

En lisant le fascicule d'activités plein-air, on s'est d'abord demandé par quoi commencer, puis, scrutant de plus près la carte dépliante du domaine, on s'est arrêtés sur l'échelle du terrain, avons mesuré son immensité vallonnée. Le parcourir à pied depuis le cottage et relier par exemple l'accrobranche au tir à l'arc, l'AquaWorld au pédalo, le funshop au quad, là-bas tout au fond derrière le golf, en fait joindre n'importe quels points, est une entreprise insensée sans une option motorisée. Règle d'or à Centers Nature, le diesel du client reste cuver au parking. Inutile de souligner que, pour Martha et moi, le vélo, par principe, était exclu. Et la moindre voiturette, en *last minute*, c'était cent euros par jour et le seul extra non inclus dans notre formule. J'ai donc appelé Vaast pour la location d'une voiturette électrique sans cramer la caisse car, comme je l'avais promis à Martha, on n'était pas venus pour ne pas jouer la carte du plaisir à fond. Coup de bol, Van Henaeken était sur site et m'a donné rendez-vous pour régler la broutille en toute discrétion.

Le Flamand ventru est apparu sous le dôme central dans la demi-heure et, après m'avoir fait part de son bonheur de me rencontrer et s'être assuré que nous étions bien installés, il nous a acheminés au Cycle Center pour chercher le bolide : ce serait un somptueux buggy de golf quatre places, quarante-huit volts en courant alternatif et double gouttière en cas de pluie – son modèle préféré, pour les collaborateurs de confiance. Pas le permis ? Aucun problème, a consenti Vaast, à son corps défendant, pas de caution non plus et il m'a remis les clés au creux de la main. On pouvait pousser le champignon jusqu'à un bon vingt-cinq à l'heure, nous a-t-il prévenus et nous avons mis le cap sur l'accrobranche en klaxonnant les cyclistes qui sillonnaient le sous-bois frais.

XXVII

Quand il m'est impossible de trouver la brèche du sommeil, souvent, je repense à nos longues discussions sur la terrasse, ivres d'épanchements, enfin libérés et sans tabous, Martha. Je me replonge avec délice dans tes doutes sur le commerce de ces juteux monstres des mers. Je convoque ta confiance, sereine, dans ce futur proche que tu commençais – *tchin-tchin* – à conjuguer à deux. De ce séjour, Martha, je ne garde que des souvenirs amoureux de toi. D'ici je ferme les yeux et revois ton profil de reine égyptienne éclairé aux lueurs de lampe. Je la ressentirais bien maintenant, je t'avoue, l'exquise pression de tes jolis petits seins contre ma peau. Je repartirais aussi volontiers à la recherche de ce grain de beauté planqué sous nos draps d'aloès. Et de temps à autre, je me plais à revisiter un autre moment précis avec toi. C'était le deuxième soir, nous étions rentrés du bowling de nuit par la petite piste. T'en souviens-tu ? Nous étions épuisés par une longue journée ponctuée d'accrobranche et d'*escape game*. Tes cheveux au vent, ton souffle chaud ventousé dans ma nuque, nous progressions vers les bords du lac en sous-vitesse. Au début, tu me narguais – je t'assure que sur le buggy golf tu arborais encore ton sourire mesquin de Joker après ta leçon de strike. La brise s'est levée, ouvrant un vaste ciel éclaté. Évasive, tu t'es mise à scruter le mouvement des étoiles. Nous roulions en silence quand, d'une voix douce, tu m'as demandé de m'arrêter. C'était majestueux, c'est vrai. Un grand pare-brise sans tain criblé de balles. Très vite, tu as repéré une constellation et m'as dessiné une forme en W sur les amas d'astres diamantaires. Là, c'était Cassiopée, brillant sur la voûte noire. À deux cents années-lumière de nous. Le ballet de deux supernovae mourant dans l'infini boréal. Cassiopée. Tu te cassais les cervicales sur la Voie lactée en dissertant mythologie grecque et moi je t'observais au clair de lune, admiratif, les cratères embués reflétant ton ombre. Toi, ma nouvelle planète vibrionnant dans l'obscurité de l'Ajoncière. J'avais peine à croire que tu puisses apprécier d'être là, à mes côtés. Moi, le mal usiné, la rustine de service, pouvais-je sincèrement prétendre te plaire autant ? Je me sentais si proche et si loin de toi. Ému, j'aurais aimé qu'on finisse par danser un slow sous la grande boule disco du firmament. Enfin. En tout cas je l'ai été, heureux, je l'ai senti battre, et bestial, ce cœur de moteur rouillé. Ça, je veux que tu le saches, Martha. Je voudrais que jamais tu ne l'oublies.

Une fois au cottage, en vérité, j'ai gobé une nouvelle pastille nébuleuse en douce – que veux-tu ? – pour aplanir le spectre du typhon qui, sans prévenir, me faisait crisser les molaires comme des chaînes sur la neige. Fallait que j'assure pour vivre pleinement la chamade à tes côtés. Que j'encaisse – Martha, j'aurais tout donné pour être à la hauteur de toi. Cela peut te paraître saugrenu voire déplacé de t'écrire ça, j'en ai bien conscience. Je le sais, que je n'ai plus le temps pour les regrets. Libre à toi de me croire ou pas. Mais ne me renie pas, Martha, ne me rejette pas, je t'en supplie. Ma vie promet déjà d'être si longue sans toi.

XXVIII

Pour clore la dernière journée de Martha à l'Ajoncière, j'ai proposé d'aller nous délasser à l'AquaWorld. Je mourais d'envie d'y piquer une tête depuis notre arrivée et par là même de satisfaire mon désir de la voir, *en vrai*, elle, cette fameuse attraction dont j'avais tant entendu parler lors de mes supervisions d'enquêtes. Martha a accepté mais à contrecœur, m'a-t-elle confié, adorable, pour me faire plaisir : elle et l'eau, en fait, ça faisait deux. Mais le site, rien qu'à lui seul, je lui ai assuré, valait le coup d'œil. Mes sources d'enquêteurs s'accordaient à merveille : à partir de dix-sept heures trente, l'AquaWorld se vidait, les nuisibles débarrassaient le caillebotis ; les bouées-licornes, les frites en mousse, les brassards-émojis, tout cela était évacué et les rayons du soleil d'avril rasaient encore la verrière lumineuse, pénétrants, ricochant à la surface, cuivrés comme de la petite monnaie.

Après que nous eûmes déposé nos effets dans les casiers et traversé l'odeur de chlore émanant des entrailles de l'entresol, le grand lagon, caché derrière un épais rideau amarante, nous est enfin apparu. Étale, huileux, l'AquaWorld s'offrait à une dizaine de pataugeurs, jeunes couples discrets, troisième âge en fin de session balnéothérapie. Ici, dans la douce quiétude, je me suis senti en terrain connu avec les enregistrements de toucans tocos, l'arbre à eau, la rivière sauvage, le Crazy Spiral en forme de boa constrictor et la plantureuse palmeraie tout au fond – en fait, j'ai dit à Martha, c'est drôle, mais je connaissais les moindres recoins du lieu sans y avoir jamais mis les pieds auparavant.

J'ai gobé ma pilule rouge de début de soirée, défait mon peignoir, traversé le pédiluve et plongé dans le bassin pacifique, le plus profond. Je ne suis pas un grand nageur mais je suis parvenu à longer la fine paroi de fausse roche en apnée, jusqu'à atteindre son extrémité sous la cascade, où je suis remonté à la surface. La température était excellente, alors j'ai entamé une brasse coulée pour me purifier de toutes mes toxines. Dans cette eau laquée, il s'agissait de me désencombrer du poids de mon propre corps, de me défaire de sa pesanteur pour laisser libre cours à mes pensées. Entre deux mouvements, je guettais Martha allongée au loin sur son transat, la pose féline, absorbée dans un magazine dégotté au kiosque. Que de chemin parcouru depuis nos retrouvailles au Match de Solférino, je me suis dit. Je me sentais bien ici, le lagon était un délice liquide. Au contraire de Jiji, j'avais encore de belles années devant moi, un peu d'épargne même, de la crypto dans les starting-blocks, une certaine reconnaissance. J'avais fini par tirer mon épingle du jeu. Et je tombais amoureux d'une cheffe-entrepreneuse – la vie, décidément, me souriait enfin. Avec ce constat, de nouvelles émotions sont arrivées en vrac. Les benzos me rendaient souvent clairvoyant depuis notre arrivée ici, et la combinaison moléculaire m'a donné un surplus de force.

C'est en nageant que je me suis demandé si ce n'était pas le bon moment pour raccrocher les gants. Laisser le hub, passer à autre chose, embrayer sur un projet plus personnel, épauler Martha sur Poulpism par exemple. Partir en pleine ascension, casser le joujou, et pourquoi pas ? Rien ne me retenait après tout. J'étais invincible. Au diable Anne-Sophie, je me suis surpris à me dire – PMGT pouvait tout à fait mener son expansion mondiale sans moi. D'ailleurs, moi, pourquoi me mettais-je autant de pression ? C'était juste un boulot. Une expérience. Une première ligne accrocheuse sur le CV. Et si je suivais mon instinct ? Mon cœur ? Martha ? Sur le coup, tout ça m'a semblé aussi cristallin que le lagon et je me suis mis à nager un crawl, fendant la surface, laissant derrière mon zigzag un sillage dont l'onde se propageait et débordait dans les goulottes en plastique. Au beau milieu du bassin, j'ai encore accéléré jusqu'à allumer un point de côté et, d'un seul coup, je me suis laissé entraîner vers le fond sableux. J'ai expulsé tout mon air pour lester ma descente et l'amas de bulles remontait vers la surface éclairée de spots turquoise. Je me suis senti si bien, là, figé tel un fœtus voletant dans son liquide amniotique. Plus longtemps je resterais sous l'eau, meilleure serait l'ablution. Jusqu'à ce que, sous la pression du sang, ma vision ne se trouble et que mes pieds ripostent en mettant un grand coup de propulsion pour me remonter tel un bouchon de liège. Ensuite je me revois faire la planche, bras en étoile, yeux rivés sur cette immense verrière qui se drapait d'un mauve crépusculaire. Je me suis laissé ainsi dériver en douceur, un poulpe attendri, dégondé, en harmonie parfaite avec mon être profond.

Un coup de sifflet strident a résonné alors que j'avançais vers la zone claire du lagon et ses buses d'hydromassage. Un maître-nageur s'approchait de moi, l'air décidé à me faire la leçon. Vu en contre-plongée, c'était un vrai triangle isocèle, ce type. Des épaules de lutteur raccordées à quatre immenses brindilles rasées de près – pour l'aérodynamisme, je me suis dit, pour nager plus vite et avaler les médailles. J'étais face, en surplomb, à un être puissant. Mais quelques brasses ont suffi pour que je le juge, disons, moins dense que ça. Une machine à crawler, il avait dû l'être, ça c'est sûr. Mais là, me dominant, chaussé de claquettes antimycose ? Non. C'était une esbroufe, en vérité – le petit bidon débordant du polo, le torse affaissé par la gravité du temps. Et j'ai surtout tiqué sur la myriade de tatouages : nombreux, erratiques, ils suffisaient à le faire pencher vers un ex-biker en section aquatonus. Je revois cette sirène à gros bonnet, ces anneaux olympiques enflammés et ce trois-mâts planté dans la tourbe d'un verre à whisky – en fait, ce mec, on aurait dit la porte des chiottes d'un rade de Wazemmes.

L'apnée est interdite, c'était écrit en gras sur le panneau après les douches, ne m'avait-on donc pas appris à lire à l'école ? Merci de respecter la réglementation. Je me suis excusé, mais il n'y avait pas de quoi stresser, là, pour une poignée de secondes dans une pataugeoire. Ah, mais vous pouvez vous noyer dans un bain de pieds, m'a coupé le maître-nageur en s'accroupissant à ma hauteur. En dépit du chlore, j'ai senti son haleine chargée d'alcool quand il m'a certifié ne pouvoir détacher sa vigilance d'une seule personne. C'était déjà difficile de surveiller en surface, alors si en plus il fallait surveiller ceux sous l'eau. Je le revois caresser son biceps comme s'il avait la puissance d'un hors-bord. J'ai fait profil bas : de toute façon, j'allais sortir. Lui a grommelé que je ne vous y reprenne pas et s'est hissé sur sa tourelle panoramique au sommet de laquelle il s'est discrètement mis à biberonner une flasque collée au dos du talkie-walkie de liaison. De l'alcool fort à coup sûr. Artifice indétectable à cent pour cent, sobre, malin, pour naviguer dans les quarantièmes hurlants. Un carton rouge d'office pour PMGT sur une telle maille de défaillance professionnelle. Certes, mais une fois n'est pas coutume, j'allais lui foutre la paix, fermer les yeux. Qu'est-ce que ça pouvait me faire ? Rien. Et mes QCM du soir ne concernaient pas l'AquaWorld de toute façon. Si étonnant que cela puisse paraître, je me suis dit qu'à sa place j'aurais sans doute fait la même chose. M'enfiler des petites rasades de rhum agricole pour tuer l'ennui, en paix, avec le sentiment du devoir accompli.

J'ai rejoint Martha sur son transat et, béat, triomphal, je l'ai éclaboussée. Allez, tu viens maintenant ? Elle a enfoui sa tête dans son peignoir en me maudissant. Allez, l'eau est trop bonne, tu devrais en profiter. Non, je suis allergique au chlore, a tranché Martha, l'air sombre et d'une voix chevrotante avant de se retrancher derrière son magazine. Laisse-moi, je suis bien, là. J'ai senti qu'un nœud enflait dans sa gorge. Il y a quelque chose qui ne va pas Martha ? Ça va ? Ho ho ? Elle ne répondait pas. Je me suis donc assis en bout de chaise longue, histoire de l'aider à le dénouer, ce nœud. Qu'est-ce qu'il y a ? Tu sais que tu peux tout me dire ? Martha ? Écoute-moi s'il te plaît c'est important, tu sais que je suis là, tu sais que je serai toujours là.

À ces mots, Martha a explosé en sanglots et m'a bredouillé qu'elle ne savait pas nager. Elle ne l'avait jamais dit à personne – elle en avait honte et me tuerait si j'en parlais. Je l'ai écoutée évoquer sa crainte de voir la vérité éclater, les feintes, les prétextes, les parades à chaque occasion de baignade. Depuis toujours, c'était comme ça. Martha a ensuite posé sa tête sur mon épaule, son rimmel annexant le peignoir couleur de lait. Je lui massais la nuque, lui avouant, confidence pour confidence, de modestes complexes bien choisis – mes dents en carnaval, mon nez en forme de merguez, oui, de merguez, ne trouvait-elle pas que mon nez avait la forme d'une merguez ? Martha s'est mise à rire – t'es con – et je l'ai embrassée du bout des lèvres. Puis je lui ai assuré qu'il n'était jamais trop tard pour apprendre à nager. Ici, maintenant, elle pouvait essayer. Avec moi. Juste tous les deux. Tu veux ? On y va ? Allez chiche ?

J'ai pris Martha par la main jusqu'au tombant de la zone pacifique, à l'abri du regard des derniers nageurs, où je l'ai invitée à se laisser aller à la renverse. Allez, on y va maintenant, je suis là, t'en fais pas, dans tous les cas tu as pied. Je l'ai ceinturée d'une main ferme. Ses cheveux-méduses ont ondulé dans l'eau hâlée des lueurs du couchant et jamais je n'ai vu son visage aussi beau qu'à cet instant. Jamais aussi intense, ainsi sculpté par la confiance qu'elle m'accordait malgré sa peur. Sur mes conseils, Martha s'est étirée tout à l'horizontale et, d'instinct, a amorcé une brasse archaïque. On aurait dit une figurine de ballerine en bakélite sous une cloche de verre prise dans une tempête de flocons suspendus. Martha s'est tournée d'elle-même et, comme un poisson frétillant maintenu sous les hanches, a déployé d'amples mouvements décousus qui se sont régulés jusqu'à se coordonner. Elle respirait mal, trop vite, syncopé, mais elle évoluait tout de même à la surface. À en juger par son regard, Martha n'y croyait pas et sous mes encouragements lâchait dorénavant des petits cris d'extase. Voilà, elle nageait et je le lui ai dit, Martha, regarde-toi mon amour, tu nages, c'est incroyable. Quand j'ai fini par la remettre sur pied en bord de bassin, des larmes de joie perlaient sur ses pommettes rebondies. Nous nous sommes tapés dans la main puis emmêlés au vestiaire, désert. Ensuite nous avons convenu d'aller dîner à la brasserie alsacienne du dôme pour fêter ça, finir en beauté avant qu'elle ne rentre à Lille.

Après nos choucroutes, le langoureux toast au gewurztraminer et ces deux myorelaxants noyés en douce dans mon quatrième verre de notes fruitées, la portière de la Cinquecento de Martha a claqué, le frein à main s'est desserré et je l'ai scrutée sortant du parking en esquivant des plots de travaux. À un moment, Martha a agité sa main en chiffon d'adieu et m'a lancé à dans deux jours beau gosse. Puis l'habitacle a pris à gauche pour gagner la route bitumée, enclencher la vitesse supérieure et disparaître. Martha. Sur le coup je me suis dit que c'était beau, un couple libre et indépendant. Ma belle Martha. Je ne le savais pas encore, bien sûr, mais en fait je ne la verrais jamais plus.

XXIX

Pourquoi ne suis-je pas rentré à Lille ce soir-là ? Pourquoi n'ai-je pas suivi Martha, laissé en plan cette foutue mission de troisième zone ? Après avoir longtemps tourné la question dans tous les sens, je dirais que c'est à cause de ma lâcheté et de ce nouveau cocktail antiépileptique, disons, malheureux ; je crois que ça ne va pas beaucoup plus loin que cela. Car pour l'heure, seul, je n'avais qu'une idée fixe : finir proprement ma tâche. Tenir ma trajectoire, regagner le cottage vivant. Certes, j'avais quelque part en tête l'idée de tout plaquer, c'est évident ; j'allais partir, oui, quitter PMGT à court terme, mais sans faire de vagues. Question de *good karma*, aurait dit Martha. Parce qu'un jour de plus, ce n'était pas la fin du monde non plus, et que sur le moment ma cadence pilules rouges vin alsacien m'avait mis une telle claque que j'arrivais à peine à conduire un buggy golf bridé à vingt-cinq à l'heure.

Le lendemain à sept heures, il n'y avait personne au petit déjeuner du dôme – odeur de café soluble, fumet de viennoiseries en décongélation, effluves de nectar d'orange. Je me souviens qu'une chaîne d'informations en continu tournait en boucle sans le son quand je me suis attablé derrière le buffet. Gueule de bois massive devant le remaniement ministériel et les giboulées précoces de cette année, ma mâchoire dans un étau, ma migraine faucheuse tambourinant à mes tempes : la journée promettait d'être longue, d'autant que j'avais deux jours de QCM à rattraper. Alors, c'est sans hésiter que j'ai déclaré l'état d'urgence habituel : j'ai pioché un zoplicone et un lyrica en solution buvable que j'ai touillés dans un double expresso.

De retour au cottage, j'ai profité d'un court regain d'énergie pour gober une gélule de droit commun et relâcher ma raideur musculaire. Puis je me suis fait couler une douche brûlante sous laquelle je me suis frotté au savon de toutes mes forces. Ensuite, de guerre lasse, je me revois m'allonger somnolent sur le king-size en me promettant une sieste d'une demi-heure avant d'attaquer le programme de mission. J'avais dans le collimateur la conformité des prix de la superette Proxi Express – le tarif des fausses bûchettes devait flamber –, le degré de fun du personnel au Smile Shop, la signalétique du golf et le niveau d'accueil général du dôme. Rien que ça. Deux cent trente points à passer en revue de toute urgence. Le hic, c'est qu'immédiatement après c'est le néant jusqu'au moment où la grande porte d'entrée a claqué dans un fracas et m'a réveillé en sursaut. Il était dix-huit heures et j'avais le cou pendouillant au bord du lit. Journée flinguée, coaltar total ; dehors, des rafales stridentes, les nuages bas de plafond et ce courant d'air qui s'engouffrait dans le conduit de cheminée.

Surtout, j'ai perçu un vague murmure s'élevant du salon. Chuchotis, bruissements, j'ai d'abord cru à une légère hallucination auditive. Je l'ai dit, cela m'arrivait, parfois, d'en entendre pendant mes épisodes de fatigue. Ou c'était encore un coup des écureuils qui caquetaient sur la terrasse, le cottage était cerné par les chênes. Mais à y tendre l'oreille, ces bruits semblaient bien réels et le grincement strident d'une chaise sur le carrelage m'a fait me lever d'un bond pour dévaler les marches.

En bas, je suis tombé nez à nez avec une équipe de nettoyage qui, à ma vue, a tu ses messes basses. Trois femmes de chambre en boubou de wax. Trois balayeuses qui ont d'ailleurs fait mine de reprendre le lessivage du sol de la cuisine américaine. Je les ai reconnues : c'étaient les contrats Seconde Chance que j'avais aperçues, la veille, à la clôture de l'AquaWorld poussant leur barda de produits de traitement antibactérien.

Euh, bonjour Mesdames j'ai déclaré, incrédule. Excusez-moi mais, qu'est-ce que vous faites là au juste ?

(Est-ce que je ne dormais pas debout ?)

Attendez je ne comprends pas, ce n'est pas une heure pour passer la serpillière.

Et puis, j'ai réalisé à voix haute, comment ça se fait que vous êtes aussi nombreuses sur un seul cottage ?

Je connais la règle et étudié le sujet de près : ici, chez Centers Nature, c'est une personne et vingt-deux minutes de cadence par unité sur le secteur VIP.

Les filles se sont regardées et ont fait semblant de dépoussiérer les chaises à bascule. Quelque chose clochait. Alors puisque personne ne me répondait, j'ai demandé qui leur avait donné l'autorisation de rentrer chez moi. Qui, exactement ? Car c'était de l'intrusion – vous savez ce que ça veut dire, *intrusion* ? j'ai répété en me grattant la gorge. Vous vous rendez compte, j'espère ? Le panneau « Ne pas déranger », sur la porte, en rouge devant, c'était trop compliqué à comprendre pour elles ? On payait une petite fortune pour être là, et c'était justement pour ne pas être dérangé.

C'était clair ?

Le trio de ménage m'a regardé commencer à m'agiter et l'une, la plus grande, a fini par suggérer que je n'avais peut-être pas retourné la pancarte de poignée à double face sur la porte d'entrée. Car en arrivant, « Prière de faire la chambre », c'était un ordre on ne peut plus clair et elle avait frappé quatre fois pour être sûre que la voie était bien libre – elle en avait eu, des surprises, il fallait savoir ce qu'on voulait, nous, les clients, à la fin ; elles, les gouvernantes, elles ne faisaient que leur travail d'invisibles. Alors je suis allé vérifier, soudain furieux qu'on puisse me tenir tête. Dans la précipitation, j'avais oublié ce détail : placer le panneau signalant « Ne pas libérer le cottage » et clarifier mes intentions.

Je me suis donc assis sur le canapé et je suis revenu sur mes propos. Amende honorable, il y avait eu maldonne – maintenant, s'il vous plaît, j'ai dit en me massant les tempes, je m'en fous que les draps ne soient pas prêts, laissez les serviettes en boule, laissez le seau ici et partez. J'avais juste besoin de me reposer, mais les sous-traitantes ont feint de ne pas m'entendre et sont restées campées au milieu du salon. Elles se jetaient des regards hésitants. Allez, merci, s'il vous plaît. Allez, *hop hop hop*. Mais rien. Elles ne bougeaient toujours pas d'un iota – elles fomentaient quelque chose, ça me paraissait évident.

Bon d'accord j'ai fini par céder, ça n'explique toujours pas pourquoi vous êtes trois pour une unité mais okay, puisque vous semblez y tenir, j'ai affirmé, alors pardon, *par-don*. Je suis désolé, j'ai oublié et je me suis emporté. *Pardon*, *par-don*, j'ai répété, plus distinctement. Voilà vous êtes contentes ? On pouvait rester tranquille dans sa réservation maintenant ? Elles seraient bien gentilles. Ce à quoi la plus grande m'a opposé son plus beau sourire gingival mais sans décamper, appuyée sur son balai. Et dans la foulée, la plus fluette s'est assise à l'extrémité du canapé en « u » et a croisé ses longues jambes fallacieuses.

On n'est pas bien là, non ? m'a-t-elle lancé, à son tour, en arborant un sourire factice. Incompréhensible. Quoi ? C'est une plaisanterie j'espère, j'ai commencé à grincer, mais elle reprenait de sa petite voix sans se débiner, comme si je n'étais pas là : un week-end prolongé dans le 203 VIP, c'est au moins du cinq étoiles pour moi. Genre dix-huit sur vingt. Pas vrai les filles ? L'une de ses collègues a tout de suite acquiescé : oui ma petite chérie, au moins dix-huit, et s'est lentement approchée de la cheminée pour venir tripoter, l'air de rien, ma chemise noire plastifiée. Posez ça tout de suite, j'ai ordonné, mais la plus grande a repris la parole en repoussant les particules de poussière d'un revers de main.

Vous nous dites pardon pour quoi, exactement ? m'a-t-elle demandé, le plus posément du monde.

J'allais me ruer sur les formulaires top secret quand cette femme d'un bon mètre quatre-vingts s'est dressée face à moi.

Allez, tente, a-t-elle craché d'un venin de cobra et sans cligner des yeux. Touche, pour voir. Cogne. La voici qui pointait son balai sur ma tête et son homologue s'interposait entre nous deux dans sa large robe colorée. Vous nous demandez pardon pour quoi, Monsieur, exactement ? Pour nous être tombé dessus et nous avoir agressées, là, gratuitement, ou pour tout ça ? Et d'un seul geste fluide elle a ouvert le porte-documents pour en extirper l'épaisse pile de QCM A4. Ça, Monsieur, *ça*, vous voyez, ce n'est pas bien joli. Pas vrai les filles ?

Non, ce n'était pas joli-joli du tout, a repris le chœur, qui venait renforcer les rangs et amorçait une menaçante marche. Elles se resserraient autour de moi, me tournoyaient autour, comme des rapaces. Vous auriez au moins pu essayer de mieux cacher votre sale boulot, a ajouté la maigrichonne. C'était sur la cheminée. Comme ça, ouvert. Et voilà. Ne restait plus qu'à alerter les copines. La main dans le sac, c'était bête, non ?

J'ai eu beau hurler de ne pas toucher à mes affaires et crier au scandale, la colosse a brandi les feuilles de questionnaire et les a jetées en l'air. Personnel de restauration, Accueil, Signalétique – les items PMGT ont flotté au-dessus du carrelage avant d'échouer en débris aériens entre les flancs du canapé et le terril de bûchettes de la cheminée. Vas-y, touche pour voir, m'a encore défié la géante. Touche-le, ce corps que tu prends pour un objet. Vas-y ! Qu'est-ce que tu crois ? Qu'on va courber l'échine ? Qu'on a peur ? Qu'on va passer l'éponge pour notre titre de séjour ? Tu me mets en colère, toi. Vingt, trente cottages par jour pour la moitié de ton salaire à nous déboîter les épaules et toi tu croyais qu'avec une prime de deux euros plus une canette on allait se calmer sur la surveillance ? Se laisser intimider ? Nous, les gouvernantes, nous sommes la fondation. Sans nous, sans le nettoyage, l'Ajoncière c'est du vent, a-t-elle certifié en considérant les documents jonchant le sol récuré.

Je suis pétrifié.

Vas-y cogne ! jappe-t-elle, c'est ce que tu veux, non ? Jeter des étincelles, siffler, provoquer, c'est pour ça qu'ils te paient alors vas-y. Ici t'es grillé, t'entends, serpent ? Cramé. Tu ne sais pas qui je suis, mais moi, je sais qui tu es. Nous savons tous qui tu es maintenant. Et on va te plier, ça je te le garantis. Ça fait longtemps qu'on te cherche, ici, à l'Ajoncière. On te pensait plus vieux. Tu es si jeune, pourtant, et moi je suis si fatiguée. Comme je te plains, chien galeux – elle me tchipe – comme tu es triste, comme tu es laid.

La bouche empâtée de plomb, j'ai voulu brandir la menace de représailles mais j'étais incapable d'émettre un seul son. Ma mâchoire était en lambeaux et la migraine se réveilla pour m'asséner un grand coup de latte dans la nuque. Court-circuit musculaire. K-O technique, je me suis laissé tomber dans le canapé, arthrosé, pris de vertige, statufié. C'est bien ce que je pensais, a dit l'une d'elles, en passant devant moi. Sa consœur a ensuite sorti un téléphone de sa chasuble bleue et m'a pris en mode rafale, moi et les dossiers de satisfaction, à grand renfort de flashes blancs. J'ai regardé la scène en spectateur paralysé, comme si je venais de subir une attaque cérébrale. Puis elles ont ramassé leurs kits multiusages et je les ai regardées sortir sans daigner refermer la porte.

XXX

J'ai débarqué au dôme comme un chien dans un jeu de quilles et, à en juger par les regards hostiles que me jetait le petit personnel à mon arrivée sur le parking, j'ai compris que les nouvelles s'étaient propagées à vitesse grand V. On me dévisageait, on chuchotait à mon passage, on sifflait une petite bronca haineuse à ma hauteur. Client mystère maltraitant, démasqué, j'étais devenu, en moins d'un quart d'heure, *persona non grata* à l'Ajoncière.

J'étais donc parti en panique à la recherche de Vaast Van Henaeken, mon seul atout, ma seule option. Mais Vaast ce jour-là était introuvable. Injoignable, aussi puisque, dans la précipitation, j'avais oublié mon téléphone en mise à jour à l'étage du cottage. Bref, je courais à sa recherche entre les lampadaires qui s'allumaient les uns après les autres et je ne croisais aucun fantôme susceptible de me venir en aide. Était-ce la dégradation soudaine de la météo qui avait dissuadé les rares visiteurs de mettre le bout de leur nez dehors ? Le dôme était vide et le crépuscule s'est abattu d'un seul coup : j'ai décidé de reprendre le buggy pour aller récupérer mon portable.

Une fois devant le Proxi Express, le vigile a feint de baisser les lamelles du store et s'est retourné pour me barrer le passage. J'ai essayé de l'esquiver mais j'ai pris son coup d'épaule et son genou est venu en renfort d'une clé de bras pour me maintenir à terre. Guet-apens. Le colosse a sifflé. Deux moniteurs de la Mini-Ferme ont surgi de l'issue de secours dans le seul but de m'écraser la tête contre le béton ciré avec leurs bottes. Alors, m'a demandé l'un, t'aimes ça, fils de pute ? Le sol est assez propre pour toi ? On va te massacrer. Mais avant ça, dis-moi, fils de pute, tu sais compter jusqu'à cent ? Sans attendre ma réponse, les bottes crottées m'ont intimé l'ordre de fermer les yeux et de commencer la numération. Là j'ai recommencé à paniquer. J'ai entendu le store tomber avec fracas et l'écho des pas s'évanouir sous la nef du dôme. Après quelques minutes à réviser les chiffres en bon écolier, je me suis mis à courir comme un dératé jusqu'à atteindre la promenade en bord de lac. Un bon kilomètre cinq. De là, j'ai continué à m'époumoner jusqu'à dénicher une planque derrière la cahute du club nautique au fin fond du domaine. Il n'y avait personne sous ce toit pointu, sauf un chat sans poils qui s'est gentiment décalé pour me laisser m'allonger entre le matériel de location, y calmer mes spasmes et dissiper ma peur panique de me faire lyncher dans le parc.

La nuit est tombée avec un voile humide, et après avoir repris une respiration normale, je me suis aperçu que mes bronches crachaient du sang. J'allais attendre sagement ici, je me suis dit, à l'abri des regards. À un moment, des pas se sont rapprochés dans le brouillard. Je me suis glissé à l'intérieur d'un kayak et j'ai retenu mon souffle quand le faisceau d'une lampe torche a balayé la première rangée de pédalos. Le silence est ensuite retombé. Au loin, les dernières lumières des chalets se sont éteintes. Le Centers Nature s'est endormi et je suis resté là, momifié dans ce tombeau d'eaux vives en plastique. Mes pilules étant restées au cottage, je ne pouvais ne serait-ce que fractionner une prise et le manque s'est emparé de mon corps. L'air était glacial mais je suais, pris de tremblements dans mon linceul, affreuse sensation de cuire à l'étuvée. Et cette foutue sécheresse de bouche qui ne cessait d'enfler. Bref, embastillé dans la cahute, tout s'est mis à dysfonctionner. Mon cerveau en loopings. Mon corps en sortie de piste. Il fallait que je garde mon sang-froid, coûte que coûte. Alors pour m'occuper l'esprit, j'ai échafaudé mon plan d'exfiltration et me le suis récité en boucle. Qu'aurait fait Martha à ma place ? Primo, sortir et choper le buggy golf. Deuxio, rafler des pilules pour adoucir, rassembler ses affaires et appeler à l'aide. Tertio, se tirer du guêpier fissa.

J'ai fini par sortir de la hutte. Le brouillard s'était dissipé et à cette heure-ci la nuit s'étalait en voûte convexe, les étoiles scintillant en rivières de perles sur la grande mousse anthracite. J'ai estimé que c'était le bon moment. Le chat sans poils m'a accompagné jusqu'à la route et a sauté dans un bosquet. Ma vue s'est acclimatée à l'obscurité du chemin forestier et, malgré les silhouettes effrayantes des arbres décharnés, je me suis senti en confiance en arrivant à l'orée du dôme. J'allais réussir mais, une fois sur le parking, alors que j'avançais en serrant déjà les clés du véhicule, j'ai entendu siffloter dans l'air. Sur le coup, je n'y ai pas prêté attention, c'était sûrement un nouveau délire. Mais une poignée de cailloux est tombée du ciel et s'est éparpillée partout devant moi. Mon sang n'a fait qu'un tour mais, une fraction de seconde, j'ai fait comme si de rien n'était, avant de me mettre à sprinter vers le buggy golf. C'est à cet instant qu'une grande ombre a surgi de derrière la camionnette stationnée à côté et m'a aspergé d'un puissant jet de lacrymogène. Aveuglé, hurlant à la lune, j'ai donné des coups de poing dans le vide en pivotant sur moi-même comme les pâles d'un hélicoptère disloqué. Jusqu'à ce que je reçoive un coup de barre en métal derrière la tête.

Quand je reprends connaissance, j'ai l'impression d'être affalé sur une chaise locative de plage le long d'une anse profonde et sous le vent, de celles que l'on peut parfois voir affichées, l'hiver en ville, en quatre par trois turquoise, ou placardées sur les abribus. Il fait doux. L'éclairage me semble incandescent. Ça sent bon – une odeur de gel douche associant des notes ensoleillées de coco, de vanille et de fleurs exotiques. C'est un peu comme l'été en Flandre maritime, même si la lumière me semble crue et blême. Je me demande où je suis dans ce clair-obscur antillais, d'autant que la douleur pulse dans ma tête. Je peine à chasser le flou de ma rétine. Il m'aveugle, ce spot orange, et j'ai le besoin irrépressible de me masser les tempes. Or là ça coince. Étrange, je n'arrive pas à bouger les bras. Quelque chose les retient, mes pieds aussi, d'ailleurs. Ils semblent enfouis dans une mangrove froide. Mon regard s'habitue mieux, en réaction. Il fait nuit noire dehors et je suis allongé sous la grande verrière étoilée de l'AquaWorld, devant la zone pacifique. Tout est étale, dormant. Puis un premier claquement de tongs résonne sous le dôme. C'est quoi ce bordel ? J'essaie de me retourner mais je sens qu'un faisceau de fines cordelettes me ligote au plastique. Avec ce sale mal de crâne, je ne peux lutter. Je me sens encore si lourd. Je ne comprends pas, il n'y a personne et je suis saucissonné à un transat. Y a quelqu'un ? je crie. Ho ho ? Y a quelqu'un ? Rien, à part le faible écho de ma voix qui rebondit sous ce faux ciel. Alors je me dis que c'est une mauvaise blague passagère, que ça ne peut pas durer : je suis en mission, rien ne peut m'arriver. Je me rassure. Il est donc, en toute logique, plus prudent de ne rien faire, comme quand on est pris dans les sables mouvants – et au bout de trente secondes je commence évidemment à faire l'asticot de canne à pêche. Je suis quand même fagoté devant une piscine géante. Alors que je remonte à mon agression sur le parking, j'entends un autre bruit venu de derrière. C'est un rot caverneux qui, dans cette atmosphère de monoï, souffle vers moi un fumet de poubelle caniculaire.

La rythmique de tongs se rapproche à mesure qu'une odeur d'alcool envahit mes narines. Et quelqu'un finit par poser ses mains sur mes épaules. Mon estomac se crampe, une maille gantée me tord les viscères. Ça va Monsieur Connard ? L'eau n'est pas trop chaude ? j'entends, à la manière satisfaisante-conforme d'un shampouineur. Et j'aperçois les tatouages. Le rafiot single malt. Les anneaux olympiques. La sirène. Cette nuque familière de taureau qui, bufflant une haleine épouvantable, vient se planter devant moi. Ivre, le maître-nageur me souhaite la bienvenue dans son petit palais nocturne et, s'accroupissant à hauteur d'oreille, chancelant, me susurre que je peux gueuler comme une chienne tant que je veux. Il a coupé les caméras, m'assure-t-il d'un débit infectieux. Comme ça il se fera un plaisir de m'exploser la gueule en paix.

XXXI

Le match a commencé par un set de gifles. Plat, revers. À chaque frappe, le maître-nageur dédicaçait ses beignes en levant les yeux au ciel comme un tennisman au service et, selon son réquisitoire, rendait justice à tout un tas d'inconnus. J'étais, à son sens, l'unique responsable de leurs malheurs. Mise à pied, faute grave, licenciement économique, celle-là, c'est pour toi Machin, celle-là, c'est pour toi Bidule, j'espère que, de là où tu es, Trucmuche, ben, tu vois ça, a-t-il dit, la voix nouée – celle-là, c'est pour vous les gars, elle est pour vous, les gars, voilà c'est cadeau. Et il me smashait la tempe. Après l'impact, il me demandait de réfléchir un peu à tout ce que j'avais fait, les raisons pour lesquelles j'étais une merde. Je n'avais pas le temps d'en placer une entre les camouflets. Il se payait une nouvelle rasade de vodka et me remettait une torgnole slicée.

Heureusement, il s'est vite essoufflé : cinq minutes de plus à ce rythme auraient fini par me coller un œdème cérébral. Au lieu de ça, mon bourreau s'est assis bien en face de moi sur une chaise en plastique, a balayé le bassin d'un regard triste et s'est pris la tête entre les mains. Sans rien demander, j'ai eu droit à la grande rétrospective de sa déroute : le renvoi du collège, son refuge dans les eaux de la piscine et la nage jusqu'à l'épuisement, la nage encore plus vite, se couper des bruits du monde, plus rapide que tous les autres, la sélection en espoirs et la qualification aux Jeux olympiques, les Jeux ouais, Séoul, septembre 88, je n'étais même pas né, Séoul et cette luxation avant l'avion et le quatre fois deux cents mètres nage libre – on n'oublie pas ça, on enregistre tout, comme la boîte noire d'un crash aérien, on guérit pas de ces choses-là. Bref ce type monologuait devant moi. Il avait l'air absent, à fleur de peau, mais il m'insultait quand même à chaque fin de digression, pour ne pas perdre le fil de sa pensée.

Soudain il a retrouvé sa hargne pour remonter au filet. Tu veux ma mort, pas vrai ? Tu veux tous nous baiser ? Hein, petite chienne ? Mais mon travail, c'est tout ce qui me reste. Pas touche, tu comprends ? Mais non, mais ça, tu t'en branles total, toi, avec tes grilles, tes notes, petite chienne, t'arrives et tu me juges ? Tu veux ma peau ? Pourquoi, hein ? Toi, m'a-t-il mis en garde, toi, maintenant tu vas payer pour tous ces connards qui nous prennent de haut.

C'est à ce moment que j'ai senti qu'il bluffait. Car, après coup, dans l'éclair de lucidité que son alcoolémie lui avait laissé la possibilité d'entrevoir, j'ai su qu'il avait pris conscience qu'il était allé beaucoup trop loin. Son regard perdu dans le vague le trahissait. Il flageolait de sa chaise, effectuait ses petites rondes derrière mon dos, se déballonnait un instant, se demandant sans doute comment il allait se dépêtrer de la situation. Et le feinteur revenait ensuite se planter devant moi, faisait marche arrière tout en me demandant de faire ma prière – ne me regarde pas petite salope, qu'est-ce que t'as ? Plus il se voulait agressif, mieux je pouvais déceler dans l'inflexion de sa voix qu'il perdait ses moyens. Le maître-nageur a fini par me mettre une claque apathique et s'est rassis de tout son poids. Égalité. Ç'a été la bascule. J'ai enfin pu aligner deux mots : j'étais désolé. Mon visage, je le sentais, avait déjà doublé de volume et mes oreilles sifflaient en cafetière. Cela étant, je suis parvenu à baragouiner et, comme pressenti, il a commencé à m'écouter. La vodka, la fatigue, la retombée d'adrénaline, tout ça a achevé d'anesthésier sa révolte. Il déclinait ; j'ai pris l'avantage.

Ça n'avait rien à voir avec lui, j'ai dit. J'avais compris que je m'étais fait démasquer – okay – mais en fait moi je n'étais là que pour évaluer la fraîcheur du buffet du petit déjeuner, accompagner l'enseigne à prendre les bonnes décisions, au bon moment, pour au final accroître la satisfaction de tout le monde. Rien à voir avec lui, personnellement. Et en vérité, il n'avait pas à se faire de souci car on était toujours du côté des enquêtés – de *son* côté. Là j'ai commencé à broder. À mentir. Son poste était jugé parfaitement satisfaisant, et allait percevoir une prime. Une prime, oui, j'ai poursuivi, pour le label Qualité Tourisme que venait de décrocher l'AquaWorld donc tout cela ne servait à rien franchement, sauf à lui attirer des problèmes inutiles s'il continuait comme ça.

Le maître-nageur a terminé la bouteille et je lui ai assuré que, pour moi, c'était oublié mais que pour la loi, par exemple, c'était grave ; je lui disais ça comme ça mais, au hasard, mettons que quelqu'un voyait cette scène et la relatait, ça pourrait lui attirer de sales ennuis. Au fond, j'ai ajouté, je m'en foutais de cet audit et j'avais bien senti qu'il était intelligent, mesuré, juste quelqu'un en colère qui avait fait parler ses nerfs, un truc humain, normal, eh bien pour ces raisons je lui ai proposé de me détacher et qu'on en reste là, sous le sceau du secret. Promis, on partirait chacun dans une direction et on n'en parlerait plus.

Je crois qu'il est tard, j'ai fini par dire, sincèrement, vous devriez aller vous coucher Monsieur, aller vous reposer. Je ne vous connais pas mais essayez de relativiser ; demain il fera jour. Demain, vous serez fier d'avoir su raison garder. Moi je pars et vous n'entendrez plus jamais parler de moi. Je vous le garantis. PMGT en a fini avec l'Ajoncière, de toute façon, tout est optimal. Personne ne perdra son emploi, je vous le garantis.

Le maître-nageur a soupesé son tord-boyaux et m'a sommé, la langue encore engourdie, de fermer ma gueule de petite chienne. Il gambergeait en réalité. J'ai besoin de réfléchir, a-t-il avoué, mais dans la minute, d'un mouvement lent, il a fini par se baisser pour me détacher. Je me suis relevé, l'ai félicité, remercié, lui ai répété qu'il avait bien fait et que c'en était terminé tout ça. C'est là que je me suis décidé à sortir par l'issue de secours, ouverte sur la pelouse tondue.

XXXII

Tout allait bien se terminer. Sauf qu'un je-ne-sais-quoi a traversé mon échine et mis le feu aux poudres. Quelque chose comme le dégoût de l'échec. On m'avait fait confiance et permis de venir me reposer, dans les meilleures conditions ; j'avais baissé la garde un instant et cela avait mené au désastre – l'exemple parfait de l'effet papillon qu'Anne-Sophie aimait tant. Alors je m'en suis voulu. Baisser la garde, c'était un aveu de faiblesse et pour le faible, le fragile, le vaincu, il n'y avait pas de place dans la profession, pour ainsi dire. Sans compter que j'allais finir par en payer les frais, de cette histoire. J'ai continué à me faire des nœuds sous le crâne. Le manque, les coups, le stress. La parano s'est enclenchée. Ça allait finir par tomber dans les oreilles de Vaast, je me suis dit, puis d'Anne-Sophie, de Pierre-Noël, du hub et du monde entier. C'était sûr. Fatal. Je ne pouvais assumer l'humiliation. J'allais me griller. Après tout le travail accompli c'était inadmissible – j'ai cru entendre ricaner mon oncle, ivre de reproches : alors petit, tu vois à quoi ça mène, quand on ne serre pas la vis ? Bichette. Je t'avais pourtant mis en garde, je t'avais pourtant dit de ne pas te reposer sur tes lauriers. Tu n'en fais qu'à ta tête. C'est là que j'ai commencé à voir de nombreux petits points clignotants dans mon champ de vision, comme si de la neige cathodique tombait dans ma rétine.

J'ai levé les yeux vers l'immense plafond de verre pour chasser les flocons et j'ai commencé à me diriger vers l'issue de secours quand je me suis dit que celui qui avait tout gâché, c'était lui, ce vieil alcoolique aux yeux jaunis. Lui, ce moule-bite incompétent. La voix de mon oncle a repris le dessus sur le bruit blanc de la télévision : tu fais dans le social maintenant ? Tu as une réputation à tenir, ou pas ?

J'ai ralenti le pas vers la sortie de secours. À ce stade je ne maîtrisais plus le flux de mes pensées et la petite voix grésillante de Jiji a fini par me brûler la cervelle. Tu vas vraiment te faire marcher sur les pieds par ce manche à couilles ? Sérieusement ? Vas-y mon grand – montre-lui un peu – agis, fais quelque chose – si t'es pas manuel, sauve ton âme au moins. Pour l'honneur de la famille. Pour ta mère. Pour Martha. Parce que t'as pas vraiment le choix, en fait : c'est de la légitime défense. Donc vas-y, fais-le ! Alors, je l'avoue, je n'ai fait qu'obéir. J'inhalais la forte odeur d'herbe coupée qui entrait par la sortie coupe-feu quand j'ai tourné les talons pour me ruer à l'intérieur de l'AquaWorld. Je revois le maître-nageur tituber au niveau de la zone pacifique juste avant que, revenu par-derrière, je le chope à la gorge.

Nous nous sommes accrochés en beuglant jusqu'à ce que l'un s'agrippe au tee-shirt de l'autre et dans sa chute l'entraîne dans la flotte. C'était le secteur récif tropical, quatre mètres cinquante de profondeur, eau à vingt-sept degrés. Au début de la joute nautique, j'ai pris le dessus et me suis débattu à la surface quand il essayait, en apnée, de me traîner au fond en me tirant par les pieds. Pour le contrer, j'ai éclaboussé un peu partout en lui mettant des coups à l'aveugle mais ce requin m'a mordu le mollet et j'ai plongé à mon tour. Le maître-nageur m'a maintenu sous l'eau en m'agrippant les cheveux et j'ai commencé à me noyer doucement. J'ai flippé ; de son côté, il voulait aussi aller au bout. À un moment, pour mon plus grand bonheur, j'ai réussi à lui mettre un gros coup dans les côtes. Sous l'eau, j'ai entendu un bruit sourd de sac de boxe et j'ai tapé à nouveau de toutes mes forces sur son foie boursouflé. Ça a fait mouche. Il a relâché la pression une fraction de seconde pour reprendre son souffle et j'ai jailli quasiment hors de l'eau pour riposter. C'était lui ou moi et l'ennemi n'a pas eu le temps de dire ouf : je l'ai coincé en bordure de bassin et me suis appuyé contre le rebord en céramique pour achever d'inonder ses voies respiratoires. Sur le moment, on aurait pu entendre les nasillements d'un animal des savanes mêlés au bruit d'une pompe à bulles de jacuzzi, ou quelque chose comme le crissement d'une vieille boîte de vitesses rouillée. Enfin, de la mécanique, du bestial, du non-humain ; ç'a duré entre trente et quarante secondes, je dirais, puis j'ai gagné la pataugeoire, pris de convulsions. Là je me suis collé contre le jet de massage. J'ai inspiré, lentement, expiré, craché la tasse, avalé de grandes lampées d'air durant un bon quart d'heure. Il faut dire que je n'étais pas pressé par le temps. Il devait être autour de deux, trois heures du matin, les bungalows étaient tous éteints et ce génie m'avait avoué avoir coupé les caméras de surveillance. Rapidement, il m'est devenu réconfortant de patauger dans cette trentaine de degrés basiques et d'inhaler à pleins poumons les relents d'huiles essentielles qui planaient au-dessus de l'AquaWorld. J'ai pensé que j'avais pris des coups mais que j'avais quand même limité la casse, vu l'autre délégué du personnel, là-bas, qui flottait encore. Épave. Raide mort. Curieusement, je n'ai été traversé par aucun sentiment ; toute perspective morale m'a semblé, à cet instant, insipide, annihilée par le goût du chlore.

J'ai observé les méandres noirs du lac derrière la baie vitrée durant un long laps de temps. L'arbre à eau et ses neuf cents litres déversés en seau géant toutes les deux minutes sommeillait devant la rivière sauvage, simili-pierres et ressenti proche d'une véritable expérience de canyon ; elle paraissait, elle, un long boyau figé. Exception faite pour le secteur nénuphars, où les tortues terrestres, je les devinais au loin, bullaient dans leur flaque sous les palmiers élancés vers l'immense dôme de verre. Pas un bruit. Seule l'alternance des feux de signalisation à l'entrée du parking insufflait un semblant de vie à ce panorama pétrifié.

Mes doigts étaient fripés quand je me suis hissé hors de l'eau, les jambes tremblotant sur la rampe. J'ai regagné le transat, ramassé la cordelette de mon bourreau et balancé sa bouteille de vodka au beau milieu de ce petit morceau de Pacifique sud au cœur de l'Aisne. Le mort s'appelait Baptiste Tairraz – son patronyme, je l'apprendrais plus tard. Son corps a encore gîté à la surface un temps puis son estomac plein de gastrite s'est lesté pour mettre le cap sur le récif carrelé. Avant de quitter le lieu, j'ai attendu que le plan d'eau reprenne progressivement son ordre plat, jusqu'à réfléchir la lune tel un immense miroir horizontal.

XXXIII

J'ai récupéré le buggy golf, roulé sans feux, le corps au vent frigorifié par mes rêches vêtements gorgés d'eau. Je m'étais mordu l'intérieur des joues et garde en mémoire le fait d'avoir craché tout au long du trajet sur le bas-côté pour évacuer le goût métallique de mon sang. Une fois au cottage, je n'ai osé allumer aucun des interrupteurs et ne me souviens que de très peu de chose – à peine avoir mécaniquement plié bagage dans l'obscurité, resserré les brides du sac à dos et veillé à ne rien laisser traîner derrière moi. Une fois les affaires bouclées et changé à sec, je me suis senti traversé par un éclair de panique, furtif comme l'étincelle magnétique de l'aluminium. Ça ne pouvait être qu'un autre qui avait orchestré la noyade. Vu le carnage, vu les derniers instants de vocalises de glotte enrayée, vu que, selon Martha, je ne pouvais pas faire de mal à une mouche, vu que je n'étais pas venu pour détruire du petit personnel, je ne pouvais être l'auteur de ce qui s'était produit : j'avais été simple spectateur.

J'ai avalé une bonne dose de pilules en vrac pour retrouver du sang froid et chasser cette cloque de conscience flottante.

Puis je suis monté à l'étage récupérer mon téléphone laissé en charge. J'avais cinq appels en absence de Martha. Il était presque quatre heures quand j'ai rappelé. Elle a tout de suite décroché. Qu'est-ce que j'avais foutu ? Elle était morte de trouille. Elle avait essayé de me joindre mille fois, merde. Je l'ai rassurée, tout allait bien, voilà, on s'était juste loupés, ça arrive. Puis j'ai botté en touche et lui ai dit qu'en fait il y avait eu un petit problème. Trois fois rien mais les choses étaient, disons, désormais plus complexes que je ne les avais imaginées et j'ai baragouiné que j'avais eu un petit contretemps, que je ne rentrerais pas à Lille de sitôt. Quelques jours, tout au plus. Je ne serais pas joignable, aussi, et si je ne pouvais lui donner plus de détails pour le moment – désolé c'était confidentiel – je lui expliquerais tout à mon retour, il ne fallait pas qu'elle s'en fasse, rien n'était grave, je pensais bien à elle. Et soudain, je ne suis plus arrivé à finir mes phrases. Martha a fini par me couper et m'a demandé si j'allais bien car j'avais l'air bizarre. Il y a eu un blanc et j'ai simplement dit oui, ça va, je suis désolé mais je dois te laisser. Martha a senti que ça ne tournait pas rond et m'a dit une chose étrange. Une chose que je me remémore souvent. Martha m'aimait à la folie – j'avais juste intérêt à ne pas tarder. Après avoir raccroché, j'ai fait quelques pas sur la terrasse côté lac et j'ai encastré de toutes mes forces le téléphone contre l'un des gros chênes du jardin. Il a éclaté d'un bruit sourd et s'est déboîté en fragments. Je me revois terminer la batterie au talon, faisant racler les restes d'électronique dans la poussière terreuse. Puis j'ai démembré la carte SIM avec minutie et balancé ces miettes disloquées de zinc, de nickel et de plastique dans l'eau noire.

La lune esquissait les contours des grands feuillus quand j'ai laissé la clé pendue dans la serrure de la porte et ramené le buggy golf au parking. Il n'y avait personne alentour. Les constellations de Martha étaient à leur place. J'ai nettoyé le volant avec le revers de mon sweat à capuche et j'ai pris la route dans les ténèbres, sortant du parc à pas de velours par le bois derrière la cahute d'accueil. J'ai tracé vers Laon le long de la départementale et à travers champ dès que l'occasion se présentait. De nombreux boqueteaux décharnés masquaient ma progression depuis la route. J'avançais à bon pas, les yeux rivés sur mes pieds pour ne pas penser à ce qui venait de se produire. J'ai donc marché, guidé par la silhouette d'une cathédrale dont la flèche découpait les cieux au loin dans la rase campagne. Une biche a détalé dans l'aube, spectrale, alors que j'approchais d'un hippodrome planté derrière un cimetière de matériel agricole et, peu après, les premiers ronds-points fleuris sont apparus, la gare ensuite avec son grand panneau à roulement de dessertes.

Un TER pour Paris partait dans la dizaine. J'ai payé mon billet au guichet en liquide et me suis installé dans la rame aux banquettes vert-de-gris. Dans la vitre s'est reflété un visage tuméfié par les coups de la nuit. Mon hématome facial avait doublé de volume et semblait vouloir s'étendre encore. Des bleus annexaient la surface droite de mon visage et gonflaient sous ma peau – j'étais une sorte de zombie haïtien, fraîchement déterré, un parfait étranger à moi-même. J'ai examiné ces contusions une partie du trajet, on aurait dit une ancienne carte de géographie fluviale irriguée de rivières hémorragiques. Je me souviens être resté éveillé jusqu'au contrôle des billets – un duo d'agents sans visages est monté après Soissons, vérifications des titres de transport et des cartes de réduction – puis je me suis endormi en tirant le rideau occultant.

XXXIV

Je me suis fait tirer des vapes à Paris-Nord par la voix de Railteam qui clamait haut et fort sa litanie des correspondances. Autour de moi, les milliers d'usagers s'entassant en sortie de voie, la police, les cheminots, les techniciens de surface, le roulis des valises en partance pour Bruxelles-Midi et, soudain, ce redoutable sentiment d'oppression qui m'a coupé la respiration : dès le bout du quai, le logiciel malveillant s'est réveillé au creux de mon oreille. Le TER Hauts-de-France pour Compiègne, initialement prévu voie C 13, était supprimé en raison de la présence d'un individu suspect dans l'enceinte de la gare. Alors je me suis assis au piano en libre accès en me bouchant les écoutilles mais une vague d'annonces a déferlé, scélérate. J'ai commencé à voir Fabrice Ravier, devant moi, à la machine Selecta. Fabrice Ravier qui mangeait un Balisto. Un autre Fabrice Ravier entrant au Relay, à La Mie câline. Fabrice Ravier s'engouffrant vers le RER. Partout des Fabrice Ravier. Partout des calques dupliqués mais bien réels, regards suppliants, Pass Carmillon à la ceinture, pas lourds de morts-vivants. Et bientôt est venue la réminiscence auditive de mon combat aquatique et des insoutenables gargarismes terminaux du maître-nageur. Ces ondes d'asphyxie résonnaient sous mon crâne et je me suis, malgré moi, revu bondir sur le maître-nageur en félin famélique – un geyser de Coca-Mentos dégazait dans mon cerveau, comme à Lille-Flandres. *Dam, dam, da-dam*, la police allait m'abattre froidement, terminus, éloignez-vous de la bordure du quai, s'il vous plaît. *Dam, dam, da-dam*, le couple de toxicos, derrière moi, voie H, allait me planter sans pitié dans le premier couloir de métro, prenez garde à la fermeture automatique des crans d'arrêt, attention au départ. Je guettais maintenant le spectre d'une rafale d'automatique, cette proximité imminente du drame, des copeaux de mandibule éclatée, d'un squad de poignards opérant dans la foule au hasard, tapant à blanc, tranchant les carotides, l'estomac, le foie perforé, n'épargnant aucun viscère. C'en était trop. Il me fallait des calmants et vite pour m'éviter de disjoncter à nouveau. Alors, j'ai enclenché le mouvement furtif.

Sur le trottoir, je me suis trouvé au beau milieu d'un essaim de coursiers bourdonnant. Vélos, scooters libre-service, trottinettes électriques, ils foisonnaient de partout à travers la masse amorphe de passants. La Flotte parisienne était là pour moi, j'en étais convaincu : une Flotte nombreuse, agitée, que je sentais prête à me harponner l'encolure au moindre geste avec ses dagues bandillées sorties de sacs isothermes. J'avais l'intime conviction d'être suivi, d'être pris pour cible. Même par ce husky, à la proue d'un vélo-cargo, qui m'a fixé en tirant sa langue baveuse. J'étais l'homme à abattre, l'ennemi public numéro un. Vite, un refuge. Alors j'ai pensé à

Anne-Sophie et atterri d'urgence devant Muniyandi Vilas, notre cantine déjà bouillonnante en ce milieu de matinée. Je suis entré, j'ai passé commande à l'aveugle et me suis attablé au fond avec un thé que j'ai assaisonné de mes derniers cachetons multicolores. J'ai pensé qu'à cette heure-ci la carcasse du maître-nageur avait dû être repêchée. L'image d'un macchabée gonflé d'eau a fait irruption au moment où l'on m'a servi le *thali* de légumes. Est-ce que j'avais rêvé ? Est-ce que tout ça s'était bien passé ? Est-ce que j'avais franchement mérité de me retrouver là, comme ça, leurré, hébété, un assassin flanqué de cernes mauves bouffi par les coups ? Une chose était certaine : le poisseux remontait à la surface et ça ne sentait pas bon du tout pour moi. J'allais me faire cueillir, ici. Hors de question de me rendre, évidemment. C'était de la légitime défense. Un accident. Un terrible accident. Un putain d'accident, je m'obstinais à me répéter. Puis d'un coup je me suis mis à pleurer à chaudes larmes. Là, seul à Muniyandi Vilas, convulsant devant mon lassi à la mangue. Fallait pas que je pète les plombs. Ça allait passer. Juste, je me serinais, il ne fallait pas que je joue au con. Je n'avais plus d'autre choix que d'échapper aux prédateurs. C'était exfiltration.

Trente minutes plus tard, les cachetons montraient tout leur potentiel et je traçais, camouflé sous ma capuche, dans les ruelles de La Chapelle. Premier arrêt, chez Orange, afin d'y acheter une carte de recharge à cinq euros de forfait. Pour l'appareil, il n'y avait que des cellulaires à prix inabordables et trop connectés. J'ai expliqué au vendeur que, dans l'idéal, je cherchais un GSM basique et il m'a indiqué un taxiphone multifonction du quartier où j'ai pu acheter un antique Nokia pour trente euros. Ensuite j'ai retiré un maximum de cash en distributeurs et pris le métro aérien vers l'est. Un changement puis terminus, descente de tous les voyageurs. Dehors, une avenue en montée cernée par une dalle d'immeubles en béton gris. Au fond, derrière la rumeur du périphérique, se trouvait la gare routière de la porte de Bagnolet.

Pur hasard, un Iberocoach Intl. pour Séville était là et une grappe d'Espagnols patientait devant, larvés le long du trottoir. Je suis allé m'informer auprès du chauffeur qui fumait devant la soute en soufflant dans son gobelet de café. Il partirait, grosso modo, dans une petite demi-heure. À vue de nez, le bus ne serait pas plein jusqu'à San Sébastián, a-t-il ajouté, et il m'a conseillé de prendre des provisions. Il avait tout à fait raison, je n'avais plus de pilules et, vu les heures à venir tassé sur un siège, recroquevillé dans mon sweat, vu que je ne maîtrisais plus rien, il me fallait de quoi tenir. Je suis passé au comptoir de la compagnie de bus où j'ai pu acheter un billet de dernière minute (heureusement que j'avais embarqué mon passeport avec moi). La pharmacie du centre commercial, en face, elle, m'a cependant refusé mon zolpidem et le tramadol sans ordonnance. Compatissant, l'apothicaire m'a lâché deux plaquettes de stilnox – pour dépanner, il n'y a pas mieux que le stilnox – puis j'ai enfoncé ma capuche dans la gueule de l'Iberocoach Intl.

Une zone industrielle avant la frontière espagnole et le souvenir du vide qui s'étend sous mon plexus. C'était le petit matin. Je suis sorti me dégourdir les jambes avec la troupe de l'Iberocoach Intl. Il faisait doux, j'en ai profité pour sortir le Nokia et composer le numéro de Martha. Je suis tombé sur son répondeur et j'ai avalé sans tarder un stilnox en regagnant ma place. Le bus a repris l'autoroute, les tunnels se sont enchaînés puis, passé la montagne, la déclivité du terrain s'est modérée. Depuis que nous avions passé le péage-frontière, j'étais seul sur la banquette du fond et scrutais le défilement du paysage à travers un petit intervalle de tenture.

À Madrid, changement de chauffeur, plein carburant, halte de trente minutes. J'en ai profité pour faire disparaître dans une benne ce foutu sac qui puait le chlore de la veille. La capitale espagnole a vite été déblayée, l'Iberocoach Intl. a traversé des villes fantômes puis une rase campagne à l'herbe brûlée. Nous sommes arrivés à Séville à la nuit tombante. Il faisait chaud maintenant. C'était cette moiteur de Sud que je m'étais imaginée : enveloppante, visqueuse, parfumée de vapeurs d'échappements et d'herbes aromatiques. C'est à ce moment que je me suis ouvert à l'idée de partir pour un long voyage. Question de point de vue : moi qui rêvais depuis toujours de mettre les voiles, j'avais désormais carte blanche pour explorer le monde ou me suicider aux abords de cette gare routière miteuse. Ce serait l'Afrique, je me suis dit. Plein sud, côté vie. Donc nouvelle mission : chercher un billet pour Algésiras aux comptoirs encore ouverts. Alsa, Socibus et Avanza n'avaient rien avant le lendemain. Seule la compagnie Transportes Comes proposait un départ dans la soirée pour vingt euros. J'ai payé cash, me suis rempli un verre d'eau à la fontaine pendant que l'hôtesse éditait mon billet et que je gobais du stilnox. Je me souviens du plan des connexions affiché au-dessus du comptoir. J'aurais pu bifurquer au dernier instant pour Tolède, remonter en France par Toulouse, Poitiers, regagner Lille et Martha en une trentaine d'heures tout au plus mais j'étais à bout de forces. Martha m'aurait-elle compris ? Lui aurais-je tout expliqué ? Dit la vérité ? À défaut de pouvoir y répondre, ce petit stilnox supplémentaire a fait l'affaire et j'ai attendu le départ à la cafétéria. J'étais affamé, c'est-à-dire traversé enfin par une sensation humaine. Café, steak, omelette, pain, couverts en plastique pour passer le temps et ne pas penser au meurtre. Aussi, j'ai acheté une casquette aux couleurs du Betis Séville et un journal espagnol, au hasard, pour faire mine de le lire. Le bus pour Algésiras a été annoncé au moment où des flics piochaient au hasard et faisaient ouvrir les sacs ; j'ai attendu la fin des opérations devant mon café froid.

Sur les pentes crépues de l'Andalousie, les présences humaines n'existaient plus qu'à travers de lointains rais de lumière. Villages émiettés dans l'obscurité, colonnes électrifiées en grappes de torches, phares mouvants des voitures serpentant en face sur les terrasses rocheuses, ces vies réduites à de simples lueurs et subsistant, dans la nuit, comme une pâle traînée de lucioles phosphorescentes. Je me suis assoupi jusqu'au rocher de Gibraltar, massif, planté là comme un astéroïde qui se serait écrasé sur la ligne d'horizon. Algésiras, tout le monde descend, une vingtaine de passagers tout au plus.

Au port, un High Speed 45 déversait des centaines de caisses en provenance de Ceuta. Ces caisses étaient telles des poupées russes, accouchant elles-mêmes de fourgons en pagaille, remorques, camions ruisselant de céréales ou de tabac. L'ambiance était électrique. Des coups de sifflet fusaient dans l'air, mesquins, stridents, tandis que les chiens renifleurs à chasuble se faufilaient entre les véhicules au point mort, les plots barrières et les bittes d'amarrage. J'ai acheté un aller-retour pour Tanger et traîné aux abords du High Speed 45 afin de garder du mouvement, faire le caméléon, me fondre dans le décor. Si je me souviens, des Marocains venaient de se faire prendre, cachés derrière le double-fond d'une camionnette à peine débarquée. Scène courante, j'ai cru comprendre – la semaine précédente, j'ai entendu en tendant l'oreille à la rumeur ambiante, la Guardia Civil avait cueilli un type caché sous le flotteur du ferry, près des hélices.

Dans la nuit noire, je me suis rendu dans la zone d'enregistrement et, comme tout le monde, j'ai pris la file de passagers pour Tanger Med. Je me revois stresser à cause de la tension qui montait dans certaines sections devant moi. C'était au sujet de cartes grises, de chargement de seize-tonnes, de pesées des véhicules, je ne sais quoi, en fait il y avait toujours un problème et ça a pris un temps fou. Pendant ce temps-là, le radar circulaire du Trasmediterránea tournait fièrement, telle une éolienne perdue dans le vide, tandis que, de son bulbe d'étrave, bouillonnait un monstrueux sillage concentrique à la surface de l'eau. J'ai finalement tendu mon passeport devant une guitoune en plexiglas avec mon coupon de réservation. Le douanier d'embarquement m'a fait passer sans daigner croiser mon œil au beurre noir et je suis allé m'asseoir sur une banquette en skaï. On a largué les amarres et le plancher a vibré sous l'effet des turbines. Trente-sept kilomètres pour gagner l'autre côté. Dès la sortie du port, on pouvait deviner l'ombre du continent déchirant la nébulosité du plan d'eau.

Sevrées brutalement de benzos, mes guiboles me démangeaient, alors j'ai fini par monter sur le ponton : vu de dehors, le ferry fendait des profondeurs carbonées. Je me suis lentement penché pour voir le sillon d'écume, imprimer sa blancheur de lame vorace. C'était effrayant. J'ai imaginé un instant tomber par-dessus bord, barboter dans l'encre, lesté de mes lourds vêtements avec cinq cents mètres de flotte sous les pieds. J'ai ensuite pensé à un poulpe géant surgissant du liquide, à son corps souple et mou, à son sang bleu pulsant autour de ses yeux-lanternes et tout à coup le monstre nouait en silence ses longues bandes gluantes autour de mes hanches – j'étais pris dans le garrot. Alors j'ai vite regagné le centre du pont supérieur, où mon cerveau et ses fourmillements tentaculaires se sont accordés à me laisser tranquille.

J'ai regardé les milliers d'étoiles, la lune sanguine, j'ai humé cet air sableux et curieusement poivré. Puis, sans vraiment la chercher, le fond de l'œil a accroché Cassiopée. Un signe. Puis l'autre rive s'est faite nette et j'ai repris un shoot d'espoir. Je fixais les contours de mon nouveau monde. Jamais je n'avais été si loin sur la carte du globe. Les cuves, les grues, les terminaux à conteneurs du port atteignaient maintenant la hauteur des buildings. Tanger Med s'écrivait en grandes lettres bâtonnées tandis qu'un phare incrusté dans les rochers balayait le large – on aurait dit un hélicoptère à la recherche d'un fugitif. Moi, justement, pieuvre insaisissable, je m'étais faufilé là où l'on ne pouvait pas passer. Homme invisible, vagabond, j'avais réussi à fuir. Alors, quand une sirène a meuglé, annonçant notre accostage imminent, je me suis mis à rire à gorge déployée.

XXXV

J'ai fait naufrage sur un banc proche d'une halle aux poissons et de cette oasis de luminaires d'hôtels que je m'étais pourtant promis d'atteindre. J'ai rouvert l'œil au petit matin clair, allongé à l'ombre face à la Méditerranée. Sous les paupières collées, la migraine s'est réveillée en dépit de la vue de choix sur les éoliennes colorant les collines espagnoles. Devant moi, l'agitation de la criée et le chargement d'un ferry qui s'achève avec des carcasses de bœuf glissant par centaines en son ventre insatiable, crochetées sur un chariot à rail. Je revois juste ces côtes creusées, cavités concaves dont le noircissement se densifiait sous la blancheur des néons du transbordeur, car en fait j'ai à peine eu le temps de faire la mise au point, de comprendre où j'avais échoué, qu'une nuée de gosses a fondu sur moi pour me gratter des dirhams. Une troupe excitée, joues couturées, salive aux lèvres, armes blanches à la ceinture, sept ou huit ados, maillots sales collés au corps, Real Madrid, Arsenal, FC Barcelone, Chelsea, Ajax, plus impulsifs les uns que les autres. Une meute qui s'est posée en cercle autour de moi, objet de curiosité tremblotant de froid en dépit du soleil ascendant qui irriguait la corniche.

Cerné de toutes parts, je n'ai guère été rassuré par ce voisinage agité décuvant d'une nuit de larcins, du moins jusqu'à ce que le plus maigre de la bande, une courte tige sèche et nerveuse, ne fasse le premier pas. Il s'est présenté dans un français approximatif mais facilement compréhensible. Boussama, d'Oujda, dans l'attente d'une opportunité pour passer là-bas, en face, et *inch'Allah* bientôt la Suède. Qu'est-ce que je foutais ici ? J'allais où comme ça ? C'étaient quoi ces blessures ? Marlboro ? Il avait fait le plein de cartouches, la veille. À croire que je lui faisais de la peine, Boussama était intrigué par ma tronche de ferraille compressée et me demandait des explications. Moi, le réservoir vide, je peinais à lui répondre et inventais des vacances avec ma copine tout en observant les convois en partance pour l'Europe. Des barges à la silhouette de vaisseaux, des ogres qui sortaient du port et obliquaient vers le large, suivis d'une traînée d'huile mousseuse s'étalant à la surface de l'eau comme le trait de kérosène de l'avion fuselle le ciel.

À un moment, je sais que Boussama a secoué une plaquette de pilules rouges sous mon menton en clamant *bola hamra* tiens, prends *rhoya*, karkoubi, effet Rambo, Spiderman et que tout de suite après il a ouvert un grand sac noir contenant une bonne cinquantaine de boîtes de médicaments. *Chouf*, on a fait les provisions, m'a-t-il assuré, à la *free zone*. Pour tenir le coup. Pour attendre. Pour se perdre encore un peu plus, évidemment. Mais maintenant que je suais abondamment, l'œil dans le vague, en proie au manque et que les autres de la horde gobaient ces pilules en tapant des mains pour m'encourager à les suivre en bramant des *bola hamra*, je ne me suis pas fait prier. J'ai pris une belle poignée de ces comprimés estampillés rivotril pour quitter le réel et j'ai alors senti les regards de ces enfants sans rêves se poser sur moi, interloqués. C'est là que je suis devenu leur mascotte car peu après, un avant-bras couvert de plaies m'a tendu un sandwich, un ballon de baudruche, du gaz et une bouteille d'eau pour me laisser décoller en paix.

Quelques minutes plus tard, le soleil me caressait la joue et des cargos Mærsk, Hanjin et Nile Dutch filaient vers le large, escortés d'un panache noir et de mouettes gesticulant au-dessus de leurs ponts. Soudain, j'ai pris un flash. Shoot incomparable de satiété, de bien-être, d'invincibilité qui m'a fait devenir l'un de ces goélands volant au-dessus des océans en suivant les longues routes, convoyant les bateaux tel un sherpa virevoltant du fret maritime. Le *Grand Tanger* desservait le monde entier, m'a murmuré une voix intérieure. Où leurs turbines à hélices propulsaient-elles ces navires ? Vers l'Amérique ou la Sicile ? Vers le Brésil ou le Levant ? Puis une rixe imprévisible a éclaté entre Chelsea et Barcelone et d'un coup d'un seul il y a eu diversion sous les jets de tessons. Sans réfléchir, j'ai levé le camp avec Boussama, son sac de rivotril et deux autres du troupeau : direction la kasbah.

Nous avons passé le porche du Gaming Lounge, une téléboutique, cybercafé et salle de jeux d'arcade miteuse, déserte, à l'exception de quelques étudiants répartis entre une vieille borne Street Fighter et l'antique photocopieuse du fond. Je revois Boussama et Real Madrid partir discuter dans l'arrière-boutique avec un type à chapeau sapé de lin. J'ai palpé mon portefeuille, le passeport et le vieux Nokia au fond de ma poche. Tout était à sa place. Trois dirhams l'heure sur la Toile, cinq les trente minutes au téléphone mondial, j'ai laissé en évidence un billet de vingt euros sur le comptoir avant de m'installer au poste et de taper « Poulpism Lille ». Le numéro est sorti à la première occurrence et j'ai mis le casque, euphorique, pressé de renouer contact avec Martha. Ça a sonné deux fois mais Boussama m'a chopé par le col et tiré du téléphone en calant son cran d'arrêt sous ma gorge. Désolé tu bouges pas. Calme-toi, *rhoya*. Fais confiance. C'est le flash, *tqarqiba*, normal t'es défoncé frère. On reste ensemble. Puis j'ai entendu la saccade d'un beat de rap et le tambourinage d'une caisse claire. Un moteur au ronronnement caverneux semblait nous renifler en sous-régime devant le Gaming Lounge. Une jeep s'est garée. Moteur coupé. Vitres sans tain. Vibrations dans le Hummer. Boussama et Real Madrid m'ont jeté avec eux à l'arrière du tout-terrain qui a brutalement accéléré en descente, claquant son gros pot cylindrique. Le pur-sang hennissait ses gaz dans les ruelles et, si tout le monde était hilare sur la banquette, des voix inconnues colonisaient mon cerveau, le rongeaient en silence.

Bientôt, il y a eu des terrains constructibles par dizaines, des complexes de bétonneuses entre des bidonvilles au pied de sentiers terreux qui serpentaient encore, pareils à des veines déposées sur la peau poussiéreuse de l'arrière-pays. Nous roulions maintenant à vive allure sur l'autoroute. Je voyais les plages s'étirer au sud derrière les antennes paraboliques et les villes fantômes se perdre dans la perspective du rétroviseur. En fait, j'avais l'impression d'être entré dans la borne de jeux vidéo. Je flottais, dessinais des arabesques mentales parmi les nuages. Après un check-point et le lever de barrière, Boussama a payé sa tournée générale de Spiderman. Je n'ai guère pu refuser : c'était la fête, on venait d'entrer dans la *free zone*.

XXXVI

Je me suis réveillé dans des effluves d'ammoniac, embaumé dans la canicule poisseuse d'une immense coupole. J'étais étendu sur un matelas à ressorts posé à même le sol, au beau milieu de ce grand espace traversant recouvert d'une moquette grise du sol au plafond. Autour de moi, des allées de processeurs d'ordinateurs soufflant un vacarme brûlant et des centaines de diodes brillaient, vertes, rouges, bouillonnant à plein régime. Est-ce que je tripais encore ? Pour en avoir le cœur net, je suis allé à la fenêtre vérifier, aérer, diluer cette senteur âcre et tenace qui me tordait l'estomac. Le nez dehors, j'ai senti le vent me fouetter le visage et discerné une usine de décorticage de crevettes cuites qui jouxtait le bâtiment. Je me suis pincé l'épaule. J'étais bien dans le réel, les ouvrières étaient bien sorties en pause clope, adossées à une pyramide de béton. Je n'ai songé à rien, si ce n'est que, vu du dessus, la concentration de ces charlottes bleues ressemblait à s'y méprendre à un grand banc de méduses. J'ai refermé la fenêtre et me suis mis à arpenter l'espace. Contre le mur opposé, il y avait d'énormes sacs noirs éventrés entre les unités centrales et des milliers de pilules étalées dans la poussière. Je me suis approché du trésor : effexor, rivotril, mandrax, seroplex, lysanxia, temesta en libre-service avec des colliers, des montres et des sachets de dragées bleues. Puis derrière un poteau d'angle j'ai vu Real Madrid allongé dans son sang, bleuâtre, un câble d'antenne parabolique enroulé autour du cou. Il n'y avait rien à comprendre mais, par réflexe, j'ai palpé mes poches. Plus de passeport, plus de Nokia, plus de liquidités – je m'étais fait dépouiller sans m'en apercevoir. Face à Real, je suis resté de marbre et n'ai pas dévié de ma trajectoire. Je me suis juste penché pour attraper un cocktail de mandrax et suis descendu au rez-de-chaussée à la recherche d'un robinet.

Sur le plateau, une centaine d'individus informes répétaient inlassablement des gammes informatiques. Je me revois marcher entre les rangées, examinant leurs microtâches d'ajustement à l'infini. Les travailleurs marocains ne me remarquaient même pas. Assis, ils semblaient déterminés à fixer leurs écrans jusqu'à l'épilepsie. Compilation de données, indexation de contenus, filtrage de vidéos, triage de data, étiquetage d'images, retranscriptions de documents, j'ai vite compris que la main-d'œuvre était là pour affiner des algorithmes (au final, on a beau dire, m'avait une fois expliqué Anne-Sophie, les machines ont toujours besoin d'humains, elles n'apprennent que si on les éduque, en fait, que si on les nourrit). La besogne était si fragmentée que la masse ouvrière produisait une étrange musique de clics de souris – sur le coup, ça m'a fait penser à une stridulation de grillons.

Je suis sorti par l'entrée principale et me suis retrouvé au cœur de la *free zone* en quête d'eau. J'ai longé un bon kilomètre de boîtes de *consulting offshore* suivi de chiens errants avant de rallier le secteur de sous-traitance automobile. C'est curieux, mais l'offre de restauration y abondait et, soit dit en passant, mon oncle Jiji aurait été choqué par l'ampleur des infrastructures – l'Automotive City, c'était la cour des grands par rapport à son minable petit standard roubaisien. Bref là j'ai donc pillé la poubelle d'un food truck de tajine à emporter et sucé les généreux restes d'un thiéboudiène ruisselant de poisson frais. Puis j'ai trouvé un tuyau d'arrosage et une bouteille de Coca vide pour les mandrax. Ravitaillé, j'ai pu mettre le cap en bordure de la *free zone*, vers KFC, où, petit bonheur, j'ai pu me sustenter d'un bucket de chicken wings quasi plein, laissé en plan sur une des tables devant l'usine de jantes indiennes.

Voilà, mais le fait est que les rares piétons pressés au téléphone que j'ai croisés à travers ces hectares de hub mondial me contournaient. Une personne, puis deux, bientôt quatre, à chaque fois les passants m'évitaient en se pinçant le nez. Genre j'étais un être malade, galeux, pestiféré. Entouré de ces chiens, était-ce l'odeur des crevettes d'en face, leur parfum d'œuf pourri qui s'était campé sous ma peau et qui exhalait, partout dans la zone, sa fragrance de mort ? J'ai commencé à douter et à me sentir épié par les dockers. Est-ce que je puais ? Est-ce que je gênais ? Ils me regardaient, pleins de dédain. J'étais un assortiment avarié, menu Crispy Shrimps Deluxe oublié, des jours durant, au fin fond d'un sac isotherme. Quoi ? j'ai fini par cracher à ce technicien casqué qui venait, alors que je regardais son tracteur-grue, de couper le contact de la machine. Putain mais quoi ! Qu'est-ce que vous avez tous là ? Vous voulez que je vous pisse dessus ? j'ai commencé à brailler en pliant la nuque vers le sol. Qu'est-ce qu'il y a ? Je pue, c'est ça ? Mais alors dites-le-moi tout de suite, je beuglais, quoi, dites-le si je pue !

Derrière, deux têtes curieuses sont sorties de l'entrée du bâtiment de conditionnement de noix de cajou pour tenter de comprendre la situation. Quoi quoi quoi ! Vous, là-bas ! Vous voulez ma photo ? Ça vous plaît de vous retourner, de m'esquiver, de me regarder de biais ? Je vous dérange, hein, salauds, j'ai continué à bramer dans le vent et la meute de chiens a sorti les crocs pour son nouveau maître. Leur inconditionnelle fidélité m'a galvanisé. Ça vous plaît de m'humilier ? j'ai postillonné, rhô les fils de pute, et je revois les mecs me considérer avec des yeux de merlans frits. Vous avez peur d'être intoxiqués, c'est ça ? Bande de lâches. Sales traîtres. Répondez maintenant ! crevards, j'aboyais – mais rien, silence radio –, j'entends pas ! C'est ça ouais, je pue en fait et vous me prenez pour un con, je le vois bien à votre petite moue dédaigneuse, à votre sourire ordurier, à votre air mesquin. Crevards. Je vous dégoûte, je vois bien que vous aimeriez me foutre à la poubelle collective de vos immeubles de merde. Personne n'a daigné me répondre, évidemment, et suivi des chiens je me suis enfoncé dans la zone en continuant de pester sur mon odeur.

Peu de temps après l'altercation, alors que je me trouvais au niveau de la déchetterie centrale de l'assemblage automobile, un clochard m'a longuement scruté, son visage émacié dissimulé sous un long chèche indigo. Ce type, après réflexion, je suis certain de l'avoir vu à plusieurs reprises sur ce laps de temps et dans divers endroits du parc industriel. Devant Global Fashion, avec ces manutentionnaires qui inhalaient des solvants, dans le secteur jantes, déjà, il tournoyait en vautour autour de moi et au début je ne comprenais pas ce qu'il fichait là, à rôder dans ces tristes parages. Et puis j'en ai conclu qu'il était là pour me jeter un mauvais sort. Car après mon accident, pour me gaver le cerveau et trouver le sommeil, j'en avais bouffé, entre deux blockbusters à heures indues, de ces foutus reportages sur la sorcellerie new age. Et là, comme à la télévision, c'est un ballet de djinns, de démons, de rites sataniques et de magie noire qui s'est mis à tournailler dans mon esprit. Résultat, j'ai commencé à paniquer. J'ai entamé une marche plus rapide accompagné de ma meute, et plus je transpirais sous le cagnard, plus j'avais l'impression de puer – de l'huître sous vide, pestilence de moule ambulante, crevette en barquette à deux pattes. Bref partout, je sentais la lourdeur répugnante des regards se poser sur moi et j'étais persuadé que ce bandit me pourchassait. Il me persécutait à cause de Fabrice Ravier. De Baptiste Tairraz, le maître-nageur. De la petite sandwichière et de tous les autres. Ce chacal me voulait du mal, j'en étais sûr à cent pour cent. Je n'osais même plus me retourner, de peur de le voir et me prendre son sortilège en pleine poire. Aussi j'ai commencé à me gratter la peau, à vouloir me décaper l'épiderme avec mes ongles noirs pour chasser cette pellicule de dépôts parasites. Une odeur de produit corrosif planait. Je tentais de me désenvoûter des actions occultes de l'emprise ennemie qui s'approchait de moi, tel un murmure, à bas bruit, inéluctable. Le soleil, quant à lui, écrasait le goudron et les clebs étaient de plus en plus excités. L'un d'eux a d'ailleurs fini par me mordre au poignet alors que je longeais un gigantesque charnier de caissons métalliques. De dimensions de plus en plus vastes, ils s'apparentaient à des mausolées d'acier vides dont des échos s'élevaient des ossatures caverneuses. C'étaient les cris maléfiques des djinns qui s'élevaient au-dessus de milliers de High Cubes. J'en bavais de peur, en tremblais de grippe. Étrillé par la chaleur, j'avais envie d'une douche glacée, de vêtements propres et de me brosser les dents jusqu'à m'en faire saigner les gencives. À défaut, je me suis hâté de rentrer sous la coupole pour avaler quelques plaquettes.

En fin d'après-midi, les captures d'écran automatiques des poinçonneurs de la ferme à clics défilaient, imperturbables et indéchiffrables : un cactus nain, du rouge à lèvres, une chistera, un chat jouant avec une autruche borgne, une notice de montage d'une bibliothèque en teck, un Russe ingurgitant des piments crus devant sa webcam, un frigo américain vide. La main-d'œuvre bossait sans la schlague.

J'ai regagné l'étage, plein ouest, qui baignait à présent dans la douce rougeur des cieux. J'étais apaisé. Je n'avais pas été suivi et Real Madrid n'avait pas bougé dans son long sommeil de putréfaction – un groupe de mouches bleues volait maintenant au-dessus de lui. Je l'ai examiné un instant, puis enjambé, l'air de rien, comme l'alpiniste évite une dépouille congelée en travers de la crête sommitale et j'ai gobé une triplette de pilules à l'aveugle pour calmer le grattage – déjà, des lambeaux de peau crevassaient mes avant-bras.

La nuit tombait quand les ouvrières des crevettes sont sorties fumer. Je les ai scrutées en cillant le moins possible, jusqu'à ce que les pastilles m'emportent vers des dunes qui chantent sous le vent et que je desserre le poing sur le matelas tacheté de gouttelettes de sang séché, ronflotant, entouré de mille palmiers protecteurs.

XXXVII

J'observais la toison verte des olivaies frétiller à l'horizon. À en juger par le flottement des drapeaux internationaux alignés sur la digue du complexe portuaire, le vent venait de se lever – les mouettes voyageuses semblaient faire du surplace. Dessous, la masse de grillons était à l'œuvre sans lever la tête des écrans alors, depuis ma planque, j'ai ouvert la vitre coulissante en grand, histoire de faire tomber la température générée par les processeurs, d'aérer, d'évacuer toutes ces mouches attirées par l'odeur de pourriture fermentée de Real Madrid. C'était marée basse au loin et de petits tourbillons mêlés de sable flottaient, suspendus au-dessus du sol. À moins d'un mille des côtes, la surface de l'eau était striée d'écume et un cargo chargé d'automobiles était en difficulté dans la longue houle. Ça gîtait fort, au large, et des vagues déferlaient sur la langue rocheuse d'un haut-fond vers le nord. La tempête rentrait en cette matinée de chaleur venteuse, mais à terre la canicule n'avait pas tout à fait rendu les armes ; le béton du parking fumait encore, recouvert d'une flaque noire, trouble et luisante.

Il n'y avait pas un chat dehors dans la fournaise goudronnée et les décortiqueuses de décapodes n'étaient pas encore sorties en pause clope quand un lointain écho de sirène à deux tons s'est fait entendre dans la *free zone*. La rumeur du son, perçante, résonnait en s'amplifiant entre les immenses parois des usines alors, de l'étage, je me suis penché sur la balustrade pour tenter de voir quelque chose. C'est précisément là que, sous mes yeux, le marabout de la déchetterie a jailli de derrière son poteau comme la vipère de son trou. D'un mouvement ample, il a brandi un smartphone et l'a braqué sur moi. Le clic du déclencheur photo a résonné en rafale. Hey, toi là, sale connard, hey qu'est-ce que tu fous ? Ho ho toi ho j'te parle ! j'ai gueulé en grattant mes plaques d'eczéma mais, étrangement, le chèche indigo n'a pas décampé d'un centimètre. J'ai vu son œil jaune de vieux sorcier darder dans le mien et, à mesure que les sirènes montaient, l'aspic, d'un pas nonchalant, a commencé à se rapprocher de l'entrée du centre.

J'ai entendu le frottement de ces pneus qui s'alignaient sur le gravier, un bruit vif et sec de carlingue. Puis j'ai vu la réverbération du clignotement rotatif des gyrophares contre le mur de l'atelier de crevettes d'en face : une deuxième estafette ajustait son créneau au pied du bâtiment. Sous mes yeux d'automate, le clochard a enfilé un brassard orange fluorescent tandis que les renforts finissaient de clôturer le périmètre de sécurité. En bas, le bloc humain se structurait, j'ai vu que les blasons marocains côtoyaient les écussons tricolores de la police aux frontières française. Un véritable gang de marabouts se tenait posté, en joue, tout pour moi – un instant, j'avoue avoir été flatté d'avoir réussi à mobiliser l'attention de tout ce gratin.

Alors, bien sûr, je ne sais pas comment tout cela va se terminer mais disons que, si j'avais su qu'après l'extradition et le ricochet par l'hôpital psychiatrique je finirais sevré de ces pilules en mandat de dépôt non loin de chez ma mère, prévenu croupissant dans une geôle de la maison d'arrêt de Lille-Sequedin, écrasé entre les barbelés de la promenade circulaire, les autres fêlés du quartier homme et cet immonde lino crème du couloir central, parfois, il est vrai – ici j'ai le loisir d'y penser beaucoup plus souvent que parfois, en vérité –, je me dis que les choses se seraient passées autrement. Mais je n'ai pas négocié – ce qui est, pour mon avocat, une énième preuve de mon innocence accidentée : j'ai juste pioché une plaquette d'aluminium dans l'un des sacs noirs et, d'un pas mécanique, je suis descendu par le plateau chercher ma rédemption.

Une fois dehors, aveuglé par le contre-jour d'argent, j'ai fini par lever les mains vers le ciel bleu.

Composition : PCA
Achevé d'imprimer par Normandie Roto Impression s.a.s.
à Lonrai, en décembre 2022
Dépôt légal : décembre 2022
Numéro d'imprimeur : 2205956

ISBN : 978-2-07-299768-6 / Imprimé en France

547854